Corazón indomable

Corazón indomable

SABRINA YORK

Prólogo de
JAMES PATTERSON

OCEANO exprés

Los personajes e incidentes de este libro son resultado de la ficción.
Cualquier semejanza con personas reales, vivas o muertas,
es mera coincidencia ajena al autor.

CORAZÓN INDOMABLE

Título original: *Bedding the Highlander*

© 2017, James Patterson

Publicado en colaboración con BookShots, un sello de
Little, Brown & Co., una división de Hachette Book Group, Inc.
El nombre y logotipo de BookShots son marcas registradas
de JBP Business, LLC.

Traducción: Lorena Amkie

Portada: © 2017, Hachette Book Group Inc.
Diseño de portada: Kapo Ng y Wendy Lai
Fotografías de portada: © 2013, Portia Shao (hombre);
Kanuman / Shutterstock (fondo)

D.R. © 2018, Editorial Océano de México, S.A. de C.V.
Eugenio Sue 55, Col. Polanco Chapultepec
C.P. 11560, Miguel Hidalgo, Ciudad de México
Tel. (55) 9178 5100 • info@oceano.com.mx

Primera edición: 2018

ISBN: 978-607-527-521-5

Impreso en México / *Printed in Mexico*

Querido lector:

Te espera una deliciosa aventura. Quizá ya lo sabes: puede que ya hayas leído alguno de los romances de la colección Book-Shots, o quizá te hayas adentrado en uno de los thrillers que esta serie también ofrece. O tal vez esta es la primera vez que te animas a sumergirte en este tipo de libros.

No importa cómo: me alegro de que estés aquí. Al abrir este ejemplar, ya formas parte de BookShots, una verdadera revolución en la lectura, con la cual te ofrecemos tramas llenas de acción, pero no te exigimos vaciar la cartera para disfrutarlas. Y ya que estos textos tienen alrededor de 160 páginas, siempre encontrarás un espacio para leer dentro de tu atareada rutina.

Además, este libro tiene un extra, pues es una novela romántica. Para esta colección en particular, le pedí a reconocidos autores que entretejieran historias de amor con el objetivo de hacerte sonrojar, y espero que eso suceda. Te mantendrán interesado de principio a fin, eso es seguro. Además el libro que tienes en tus manos no sólo ofrece una historia de acción constante y un ardiente romance, sino que está situado en un periodo histórico específico.

En cuanto des vuelta a la página, te encontrarás en la Escocia del siglo XVII, en la que los clanes se enfrentaban y los fuertes guerreros vestidos con sus faldas a cuadros recorrían las frías montañas. Yo quedé fascinado por el estilo de Sabrina

York, autora que pertenece a la lista de los más vendidos del New York Times. Así que adelante, disfrútalo. Aunque ésta no sea tu primera vez.

James Patterson

Capítulo 1

Glencoe, Escocia — 1603

KIRK RANNOCH MIRÓ HACIA ABAJO, al Fuerte Killin, y sus anchos hombros se tensaron. Una onda de ansiedad rondaba en sus entrañas, no sólo porque el lugar era una lúgubre monstruosidad, una reliquia de siglos y siglos de antigüedad enclavada en la pedregosa curva de Killin Tor. Tampoco porque escuchar el apellido Killin le causaba inmediata repulsión a cualquier miembro del clan Rannoch, sino porque ahí, dentro de ese conjunto de rocas putrefactas, esperaba el destino de su hermano.

Ya era suficientemente malo que el regente de su región, el Duque de Glencoe, hubiera ordenado que su hermano Ben, Señor de Rannoch, se casara con alguien a quien nunca había visto, pero ¿la hija de su peor enemigo? ¿Una joven con reputación de fiera, que probablemente intentaría asesinarlo mientras durmiera? Ben se merecía algo mejor, pero no había manera de huir de aquel designio. Kirk no estaba feliz de ser el que transportara a la arpía maliciosa a su hogar en el Fuerte Rannoch.

—Tengo un mal presentimiento —dijo su amigo Brodie

con expresión sombría, mientras su caballo se movía nerviosamente.

—Habría que ser tonto para no tenerlo —replicó él con su marcado acento. Marchar a la fortaleza enemiga para pretender a la hija de uno de los más crueles terratenientes de la sierra no era la empresa más sensata, pero el duque no les había dado alternativa. Sólo cabía esperar que el Señor de Killin estuviera dispuesto a cooperar con el mandato.

—¿Crees que sobrevivamos a esto? —preguntó Brodie. Kirk resopló. Los Rannochs y los Killins llevaban generaciones peleando, aunque la enemistad no provenía de los Rannoch. Los miembros del clan habían hecho todo lo posible por ser buenos vecinos, mientras que los Killin habían saqueado las granjas de los lugareños, robado ganado y secuestrado mujeres. Habían asesinado a un montón de Rannochs a lo largo de las décadas. Eran gente sin escrúpulos.

En el fondo, Kirk sabía que todo aquel espectáculo era un esfuerzo inútil. No importaba cuántas bodas impusiera el duque: los Killin y los Rannoch nunca vivirían en paz. Las aguas de la hostilidad entre los dos clanes eran demasiado profundas.

—Acabemos con esto de una vez —dijo Kirk, mientras que Brodie, espoleando a su caballo, se persignó y lo siguió.

* * *

El castillo no parecía más acogedor a medida que se acercaban por el accidentado sendero que se abría camino por un tétrico páramo. La construcción, tallada en piedra y construida hace siglos, era una fortaleza salpicada de huecos para cañones y puestos de disparo. Estaba rodeada por un ancho foso lleno de agua hedionda y el único acceso era un puente levadizo que llevaba a un portón de acero. Si Killin los quería muertos, no llegarían ni al patio de armas.

El puente estaba elevado y el portón cerrado, lo cual no era muy prometedor. Los hombres de Killin debieron ver que se acercaban. De cualquier modo, era una bienvenida más cálida de lo que Kirk esperaba. Se detuvo al final del sendero y miró hacia la torre de guardia. Más allá de la ondulación de las banderas rojo sangre en lo alto, no había ningún movimiento. Brodie suspiró.

—¿Crees que no haya nadie? —preguntó, y al no recibir respuesta por parte de Kirk, sonrió ligeramente—. Quizá podemos irnos a casa.

Kirk miró a su amigo con una expresión sarcástica. Los dos sabían que eso no pasaría. No hasta que hubieran cumplido su misión. Mientras esperaban, la inquietud en el pecho de Kirk comenzó a convertirse en rabia. Killin se burlaba de ellos, eso estaba claro. ¡Ah, cuánta satisfacción le daría cabalgar de regreso y contarle al duque que Killin no había cooperado...! Sin duda eso era lo que el maldito quería, para después decir que simplemente nadie había pasado jamás por ahí.

Al fin, una voz retumbó desde la muralla.

—¿Quién anda ahí?

—¿Quién anda ahí? —susurró Brodie—, como si estuvieran esperando a alguien más.

Kirk ahuecó las manos para vociferar su nombre.

—Kirk Rannoch. Vengo a recoger a lady Katherine Killin. De nuevo se hizo el silencio, y los dejaron esperando un largo rato. Kirk estaba acalorado y sediento. Tenía la frente perlada de sudor y tuvo que esforzarse mucho para recordar la importancia de la misión, decretada personalmente por el duque. Le era muy difícil controlar su hosco temperamento, pero tenía que hacerlo a toda costa. Ben contaba con él y, además, lo último que quería darle al viejo Killin, era la satisfacción de verlo furioso, por lo que fingió una sonrisa y se apoyó en el pomo de su silla de montar, dando la impresión de que estaba dispuesto a esperar todo lo que fuera necesario. Con suerte, su táctica al menos molestaría un poco a Killin.

Lo hubiera molestado o no, la táctica produjo resultados: el puente levadizo comenzó a bajar emitiendo un sonoro lamento, y el portón de acero se levantó.

—Parece que nos invitan a pasar —dijo Brodie con una ceja arqueada.

—Creo que deberíamos entrar —concordó Kirk; aunque ninguno espoleó a su caballo de inmediato. De hecho, esta vez ellos fueron los que alargaron la espera por un buen rato. Se trataba de una infantil venganza sin importancia, pero les calmó un poco los ánimos, sobre todo cuando un hombre vestido con los colores de Killin apareció en el umbral.

—¿Entonces? —gritó— ¿Vienen o no?

—¿Vamos? —suspiró Brodie.

—Pues sí.

Los dos contuvieron el aliento mientras dejaban atrás la muralla exterior. Había que atravesar un largo túnel para llegar a la plaza de armas y, detrás de ellos, ocultos en puestos estratégicos, seguramente había un montón de arqueros apuntando sus flechas directo a sus corazones. Kirk deseó sobrevivir a aquel viaje. El duque tomaría severas represalias si Killin mataba a alguno de sus emisarios, pero cabía la posibilidad de que a éste no le importara en absoluto enemistarse con el duque.

Por fortuna, Killin cooperó lo suficiente como para permitirles llegar hasta el patio de armas intactos. Kirk bajó de su caballo con un bufido y se ajustó la falda mientras esperaba que su anfitrión fuera a saludarlo. Que Killin no llegara de inmediato no le sorprendió en absoluto. Un mozo tomó las riendas de sus caballos y se los llevó para darles de beber, dejándolos a él y a Brodie de pie en el patio de armas completamente desierto.

Un patio de armas vacío era algo muy extraño. El patio solía ser el corazón de cualquier castillo, siempre rebosante de granjeros y aldeanos concentrados en sus labores. En Rannoch siempre había lecheras y herreros trabajando, así como carpinteros tallando vigas de madera y guerreros practicando sus artes. ¿Aquí? Nada. Aquello, en sí mismo, ya era bastante inquietante.

Kirk trató de reprimir la punzante sospecha de que los esperaba una emboscada, pero así se sentía. Giró para analizar el fuerte, que era un silencioso monolito. No se escuchaba ni el canto de un pájaro a la distancia.

—Tengo un mal presentimiento —dijo Brodie en un murmullo.

Ciertamente. Un muy mal presentimiento se enredaba en sus vísceras y las retorcía. Antes de que Kirk pudiera responder, las enormes puertas de madera en lo alto de las escaleras crujieron. Ante ellos se abría la entrada al fuerte como unas fauces gigantescas dispuestas a tragarlos. Ésa era la invitación más cálida que recibirían por parte de Cuithbeart Killin, así que Kirk tragó saliva y subió la escalinata antes de perder el valor.

Cuando llegó el momento de cruzar el umbral, se tomó unos instantes, llevando la mano a la empuñadura de su espada porque su entrenamiento lo indicaba. Y porque en toda la historia de su clan, ningún Rannoch había llegado hasta ese pasillo y vivió para contarlo.

Capítulo 2

KIRK ENDEREZÓ LA COLUMNA, inhaló profundo y entró al castillo. El lugar era exactamente como él esperaba. Cavernoso, sombrío, árido. Una antigua chimenea, tan grande que habría sido posible carbonizar a un hombre ahí dentro, ocupaba todo el extremo del cuarto. Del otro lado, las viejas escaleras de piedra llevaban hacia las habitaciones de los pisos superiores.

Cuithbeart Killin estaba sobre un podio, sentado en una enorme silla que asemejaba un trono, rodeado de guerreros armados. Los rasgos afilados de la mayoría de ellos dejaban muy claro que eran hijos de Killin. Se rumoraba que el terrateniente tenía más de veinte hijos, nacidos de las mujeres que había secuestrado y que tomó en contra de su voluntad. Se quedaba con los niños y los entrenaba para su ejército personal. A las niñas las vendía. Connor era el único hijo que tuvo con su esposa, la cual había muerto hacía muchos años.

Kirk no conocía a Connor, pero al examinar a los hombres reunidos alrededor del amo del castillo, uno sobresalía. Había algo en su postura y en la manera arrogante en que inclinaba la cabeza, que lo distinguía como heredero. Connor dio un paso adelante y miró a Kirk fijamente. Aunque Kirk era alto, este hombre lo superaba. Tenía el cabello rojo, los ojos verdes, típicos de los Killins, y la expresión de pocos amigos también.

—¿Vienes por Katherine? —preguntó con una mueca.

—Sí —replicó Kirk. Connor cruzó los brazos sobre su fornido pecho.

—No nos gusta que los Rannochs nos den órdenes —declaró, pronunciando el nombre del clan rival con claro desdén.

—Los Rannoch no ordenaron esto.

Cierto: el duque ansiaba una alianza entre los Killins y los Rannochs, esta boda también uniría a los Rannochs con los Sabins: la madre de Katherine había sido hija de Calder Sabin, Señor de Tummel. Ante los ojos del duque, este enlace calmaría las aguas no sólo entre dos, sino tres clanes que vivían en guerra constante.

Connor recorrió con la mirada a Kirk y soltó un suspiro, dejándole muy claro que no estaba impresionado.

—Entenderás mi preocupación. No es cualquier cosa entregar a mi hermana al enemigo.

—El Señor de Rannoch es un buen hombre. Será amable con ella.

El sonido que se originó desde el trono, algo muy desagradable, entre un gruñido y una tos flemosa, hizo eco en la sala de piedra. El Señor de Killin se levantó y descendió los escalones de la tarima con la actitud de un dios que, a regañadientes, se digna a caminar entre los hombres.

—¿Amable? ¿Un Rannoch?

El tono de Killin hizo que la sangre de Kirk hirviera de enojo. Como si los Rannochs fueran culpables de todo. Como si los Rannochs hubieran declarado la guerra y cruzado las fronteras para saquear y violar. Como si los Rannochs hubieran roto los acuerdos. Se tragó la bilis y se recordó que lo que buscaba el enemigo era, justamente, provocarlo. Tenía que irse de aquel castillo llevándose a Katherine Killin y haría lo necesario para lograrlo. Se forzó a sonreír e incluso hizo una pequeña reverencia.

—Señor Killin.

Killin no le devolvió la cortesía, cosa que Kirk no esperaba.

—Mi hermano comprende perfectamente la importancia de esta alianza.

—¿Alianza? —interrumpió Killin con un gruñido—, esto no es una alianza. Jamás habrá eso entre los Killins y los Rannochs.

Claro. Kirk esperaba algo así. También esperaba que Killin, que tenía la mano sobre su daga, le cortara la garganta ahí mismo, frente a sus hombres. De hecho, le sorprendió un poco que no lo hiciera, y su sorpresa se duplicó cuando Killin le dio una palmada en el hombro... y rio. Como si toda aquella experiencia hubiera sido una farsa. Como si toda la hostilidad que pesaba en el ambiente de aquella sala no fuera real.

Kirk no era estúpido, así que no creyó en su amabilidad ni la aceptó.

—Traigan a la chica —ordenó Killin, prácticamente en su oído. Kirk intentó permanecer inmóvil. Uno de los hombres salió del cuarto para traer a Katherine Killin y, mientras tanto, el viejo terrateniente lo observaba de arriba abajo—. Así que tú eres el segundo hijo, ¿no?

—Ajá.

Killin le apretó el músculo del brazo y tanteó su pecho, como si Kirk fuera un caballo que estuviera considerando comprar. Aquella inspección era terriblemente insultante, pero Kirk la soportó en silencio.

—¿Te apetece un whisky?

La oferta era simple. Cualquier anfitrión de aquellas tierras la habría hecho y a Kirk le habría encantado aceptar... en otra circunstancia. No le parecía descabellado que Killin intentara envenenarlo.

—Gracias, pero no. Deberíamos emprender la vuelta a Rannoch lo antes posible.

Killin frunció el ceño.

—No hay prisa —dijo.

—Ajá, sí que la hay. El duque quiere que la boda se realice lo antes posible.

—¿Te niegas a tomar un trago conmigo? —insistió Killin haciendo una seña a uno de sus hijos, que trajo una bandeja de plata en la que había un solo vaso. Kirk retrocedió, negando con las manos ante la sospechosa oferta.

—¡Nah! —dijo, con su marcado acento del norte de Escocia. Su anfitrión abrió la boca para protestar, pero el bullicio en el umbral distrajo su atención.

—Ah, aquí está. Mi hija Catherine.

Tanto Kirk como Brodie al fin pudieron contemplar a la chica que sería la mujer de su Señor. Parpadearon y compartieron una mirada llena de confusión. Las historias que habían oído acerca de Katherine Killin la presentaban como una salvaje y atrevida amazona, una chica osada con rizos de fuego y orgullosos ojos verdes. Sabía utilizar las armas, igual o mejor que muchos de sus hermanos y no tenía miedo.

Esta chica... esta chica era un ratoncito. Llevaba un deslavado vestido gris y la cabeza cubierta con una mascada. Parecía estar temblando de miedo. Ni siquiera alzó la mirada, como si estuviera segura de que ardería si se encontraba con los ojos de Kirk.

—¿Ella es Katherine Killin? —preguntó Kirk. El viejo terrateniente asintió.

—Ajá. Mi hija Catherine —sonrió forzadamente—, como me fue requerido.

Kirk siempre había tenido buenos instintos. Generalmente podía sentir cuando algo no estaba bien, y ése era justo su presentimiento ahora, aunque no estaba seguro de qué era lo que no encajaba. Avanzó hacia la chica, ignorando cómo se estremecía. Después le retiró la mascada de la cabeza con gentileza, revelando sus opacos cabellos cafés.

—¿Ella es la nieta de Sabin?

—Ésta es mi hija Catherine —repitió Killin, mientras se balanceaba sobre sus talones.

—Eso no es lo que pregunté —dijo Kirk entre dientes—. La chica por la que vinimos tiene el cabello rojo.

La expresión del viejo se tornó en una máscara de furia. Volteó hacia la chica y rugió:

—¿Acaso no eres mi hija, Catherine?

—Sí, mi señor —musitó ella con la cabeza baja mientras hacía una reverencia.

—Pero no es la nieta de Sabin —repitió Kirk. No se dejaría engañar. No se llevaría a la chica equivocada. Quizá su determinación se hizo evidente en sus facciones, porque Killin retrocedió y se rascó la barbilla con la enorme mano.

—¡Nah! No es la nieta de Sabin. Pero sí es mi hija Catherine.

—¿Cuántas de sus hijas se llaman Katherine? —preguntó Kirk con el ceño fruncido. Killin gesticuló con la mano.

—Bastantes. ¿Quieres ver a alguna otra?

Kirk lo miró, encolerizado, y después volvió la cabeza hacia Connor.

—Son todas iguales. Cualquiera funcionará —dijo éste.

—¡Nah! La nieta de Sabin, por favor. Ninguna otra —dijo controlando la rabia en su voz. El duque había sido muy claro. Los ojos de Killin se entrecerraron. No estaba complacido, claramente.

—Bueno, pues entonces tenemos un problema —dijo.

Las entrañas de Kirk se enroscaron como una serpiente. Así que ahí estaba: el tramposo plan que Killin había tenido desde el inicio, estaba a punto de ser revelado. Kirk lo miró fija, solemnemente.

—¿Cuál es? —preguntó con exagerada cortesía.

—Katherine, verás... —comenzó Connor con una divertida mueca— no tenía muchas ganas de ser tratada como... ¿qué dijo? Sí, como ganado.

—Ajá, No estaba de acuerdo con la alianza–dijo el Señor Killin mientras le daba a Kirk una palmada en el hombro—. No quería que la casaran con la Bestia de Rannoch.

—Mi hermano no es ninguna bestia.

—Eso no es lo que Katherine ha escuchado —dijo Killin,

encogiéndose de hombros con una expresión de inocencia que no engañaba a nadie.

—Lo que sea que haya escuchado, lo escuchó de usted —dijo Kirk, prácticamente gruñendo. La verdad debía ser un santo para controlar su temperamento ante gentuza como aquella. Cuando el viejo volvió a encogerse de hombros, esta vez mostrando una sonrisa zalamera, Kirk no se contuvo y gritó—: ¿Dónde está Katherine?

—Se fue —replicó Killin, moviendo los dedos para ilustrar aquella acción. Con cada movimiento, Kirk tenía más ganas de golpearle la cara. Habían viajado por tanto tiempo y desde tan lejos... para nada.

—¿A dónde?

—No tenemos ni idea —dijo Connor con una carcajada—. Pero si la encuentras, tienes nuestro permiso para llevarla a Rannoch.

—Y estaremos muy felices de saber que está sana y salva —dijo Killin, aderezando su muestra de cariño con un escupitajo—. Es una chica salvaje. No hay manera de controlarla. Probamos de todo, pero nunca logramos disciplinarla.

—¿Disciplinarla? —repitió Kirk, mientras un escalofrío le recorría la espalda.

—Ajá —confirmó Killin en un tono macabro, mientras le lanzaba una mirada amenazante a su temblorosa hija. Ella se encogió, aterrorizada.

—Las mujeres deben permanecer controladas —dijo Connor—, en especial las que son como Katherine. Si llegas a encontrarla, te recomiendo que la lleves con una correa.

Todos los hombres de la sala rieron a carcajadas. Pero la chica no. Ella palideció y se tambaleó. A Kirk le pareció que podría desmayarse en cualquier momento.

—¿Qué dices? —exclamó Killin—, ¿te llevas a esta Catherine en su lugar?

Kirk la observó, pero la chica no lo miró ni de reojo. Lo cual era mejor. No habría podido soportar si su expresión hubiera sido de súplica, aunque dudaba que lo fuera. No podía llevársela. Lo habían enviado por Katherine Sabin Killin, ninguna otra. Quién sabe el caos que podría desatarse si se llevaba a otra mujer. Killin podría clamar que se la había robado sin permiso, y probablemente lo haría.

—Volveremos a Rannoch para reportarle al duque que Katherine está perdida.

La sonrisa en los labios de Killin dejaba muy en claro que aquello era lo que el hombre había deseado desde el principio, pero Kirk no tenía ninguna otra opción. Ahora sería el duque quien tendría que lidiar con Killin. Kirk se dirigió hacia Brodie.

—¿Listo para irnos?

—Ajá —dijo su amigo con un suspiro. Se dieron vuelta y se dirigieron hacia las anchas puertas de la fortaleza. Por un lado, Kirk estaba aliviado por su hermano, pero por el otro, se sentía frustrado y furioso. Killin estaba mintiendo, no tenía ninguna duda. Quizás había encerrado a Katherine Sabin Killin en alguna parte alejada de su castillo, y nunca había tenido la menor intención de entregarla.

Todo el esfuerzo había sido en vano. No obstante, se sintió aliviado al montar su corcel, trotar por el puente y dejar el fuerte atrás. Si por él fuera, no volvería a toparse con ningún otro Killin, por el resto de sus días.

* * *

Cabalgaron por mucho tiempo y a buen ritmo, a pesar de que el día ya había sido suficientemente cansado. Tanto Kirk como Brodie querían poner la mayor distancia posible entre ellos y el enemigo. Al caer la noche, se detuvieron para establecer su campamento a un lado del sendero. Brodie logro atrapar varios conejos y disfrutaron de una cena satisfactoria, aunque sencilla. Después se envolvieron en sus mantas y se prepararon para dormir.

A Kirk le costó mucho conciliar el sueño. No dejaba de darle vueltas al encuentro con Killin, detalle a detalle, y con cada recuerdo, se le crispaban más los nervios. Así que estaba totalmente despierto cuando escuchó algo: un movimiento entre la hierba, el sonido de pasos sobre hojas secas en el claro. Miró a Brodie de reojo: estaba encogido del otro lado de la fogata, durmiendo tranquilamente. El ruido no fue provocado por él.

Kirk miró a su alrededor, cuando una sombra distrajo su atención. Su corazón se agitó en cuanto distinguió a dos figuras encapuchadas caminando de puntillas por el campamento. ¡Diablos! ¿Acaso Killin los mandó seguir? ¿Venían estos asesinos con la orden de cortarles la garganta mientras dormían? Pero las sombras no se comportaban como asesinos. Se comportaban como... ladrones. El nudo en su estómago le hizo sospechar: les estaban robando.

Lanzando un grito de guerra, se puso de pie de un salto, abalanzándose sobre el villano más próximo. Cayeron juntos al suelo con un golpe sordo. Kirk estaba lo suficientemente lúcido como para detectar que el ladrón era menudo, casi delicado y tenía un aroma suave... Rechazó aquella última percepción y le apretó el cuello a aquel bribón con una de sus enormes manos. Con la otra le arrancó la capucha para verle la cara. Justo en ese instante, la luna esquivó las nubes y su resplandor iluminó el campamento.

El pulso de Kirk cayó. Sus pulmones se contrajeron. Porque debajo de él, respirando agitadamente, causándole una excitación imposible de ocultar, estaba la más hermosa ladrona que hubiera visto.

Capítulo 3

¡POR TODOS LOS CIELOS! Aquel hombre era gigantesco. Cayó sobre ella con un impacto que la dejó sin aliento. Cuando Kate alzó la mirada y encontró sus ojos, no pudo dejar de mirarlo. Sus pulmones colapsaron. Aquellos ojos eran duros y fríos a la luz brumosa del amanecer. Su cuerpo también era duro, pero no frío. De hecho, sentía que la quemaba con su calor corporal, con su aliento.

Una ola de pánico la recorrió, deseó huir de él, salir corriendo. Pero cuando se retorció y se arqueó para liberarse de su peso, él la estrechó más. Sus fosas nasales se abrieron como si se tratara de un lobo olisqueando a su presa.

—Déjame salir —jadeó ella.

—No lo creo —replicó Kirk en un susurro que podía ser una promesa o una amenaza y que acompañó con una mueca de sus carnosos labios, algo que podía ser una sonrisa. Pasó sus brazos alrededor de su cabeza y la detuvo, inclinándose hacia atrás para observarla. Eso la hizo sentir calor y luego frío. Muchos hombres la habían acosado a lo largo de su vida. Había sido aprisionada, amenazada y atormentada muchas veces y nunca le había gustado. No tenía la menor idea de porqué ahora sí.

No sabía por qué la manera en que la observaba hacía que algo placentero emergiera de su interior y circulara cálidamente en su interior. No tenía idea de porqué esa clase de pensamientos aparecían en su cerebro. No le gustaba. De verdad.

—¡Quítate!–dijo, intentando que sonara como una orden, pero a los oídos de Kirk, sus palabras sonaron jadeantes y sumisas. De ahí la carcajada. La irritación de Kate aumentó y, de pronto, un grito la sacó de sus pensamientos: el otro hombre había capturado a Elise y la arrastraba a través del claro.

El corazón se le cayó a los pies: esperaba que al menos una de ellas saliera victoriosa. Necesitaban esos caballos. Viajaban a pie y no habían avanzado mucho. Pronto Connor descubriría que se habían ido y enviaría a sus soldados a encontrarlas. Debían abandonar las tierras de Killin lo antes posible o todo estaría perdido. Aunque quizá ya lo estuviera.

Volvió a dirigir su atención a los fuertes rasgos del hombre que la aprisionaba. ¿Sería uno de los soldados de su padre? ¿Acaso fue enviado para encontrarlas y llevarlas de regreso a la Fortaleza Killin, y a su perdición? Ah, eso no tenía importancia: prefería morir que volver. Morir antes que ser vendida a la Bestia de Rannoch y antes de que su hermana Elise tuviera que casarse con el monstruo al que estaba prometida y que era más terrible que Ben Rannoch: Aiden Ainsley, quien ya había mandado a tres esposas al más allá. Pero Elise no sería la siguiente, no si Kate podía evitarlo. Estaba determinada a salvarse y salvar a su hermana, a cualquier costo.

Tenían que escapar de aquellos hombres, fueran quienes

fueran, y pronto. Basándose en su experiencia con los hombres de la Fortaleza Killin, sabía que la mejor manera de tener alguna ventaja era fingir sumisión. Tuvo que esforzarse mucho para adoptar la expresión de una dócil ratoncita. Pues era todo menos dócil.

—¡Oh! —jadeó con suavidad—, no puedo... no puedo respirar...

Por si acaso, aderezó su súplica con un parpadeo, después puso los ojos en blanco y relajó todos los músculos, fingiendo un desmayo.

—¡Diablos! —musitó su captor, y al fin se separó de ella. Kate hizo acopio de toda su fuerza de voluntad para quedarse quieta en vez de incorporarse y llenar sus pulmones de oxígeno. Se concentró en no mover ni un solo músculo. Cuando él le levantó una mano, ella la dejó caer.

—¿La mataste? —preguntó el otro. Al escucharlo, Elise soltó un agudo chillido. Kate reconoció su tono: Elise había leído su lenguaje corporal y estaba siguiéndole el juego. Soltó otro grito.

—No la maté —gruñó el gigante, aunque había un vestigio de miedo en su voz. Un par de tibios dedos tentaron la arteria de su cuello. Kate intentó no retroceder, ni temblar. Ni suspirar. El contacto de él la recorrió con la electricidad de un relámpago.

—¡Nah! Está viva. Sólo se desmayó.

—Mujeres —murmuró el otro hombre, y soltó un bufido. Después, vino el sonido de un golpe sordo y un lamento. Kate se sintió inundada de satisfacción: Elise era conocida por golpear a los hombres en sus partes más vulnerables cuando decían cosas como aquella. Para evitar reírse, Kate gimió. Pero eso sólo provocó que su captor volviera a centrar su atención en ella. Sintió su calor corporal a medida que se aproximaba y, con el calor, su aroma, que penetró en ella. Esa fragancia estimuló algo en su interior, muy en el fondo de sus entrañas.

A Kate nunca le había gustado el olor de ningún hombre. Todos los que había conocido apestaban a whisky y a sudor. Pero éste no. Había un aroma de almizcle, algo seductor y agradable. Tuvo la urgencia de inhalar más profundo, de acercarse un poco más, para ver si también su sabor era delicioso. Y esa urgencia le desquiciaba tremendamente. No quería ser tentada o distraerse ni por un segundo. No en aquella situación.

Todavía tenía los ojos cerrados y se arqueó para sentarse, lo cual fue un error fatal, porque el hombre seguía inclinado sobre ella. Se estrellaron pecho con pecho, frente con frente. Un dolor agudo la recorrió hasta los pies y el golpe hizo eco dentro de su cabeza. Se quejaron a un tiempo y él retrocedió, tambaleante. Los párpados de Kate se abrieron como por voluntad propia y, para su horror, se encontró buscando los ojos lobunos del gigante. No estaba preparada para la súbita atracción que se apoderó de ella, despertando todo su cuerpo como si hubiera sido azotada por un relámpago.

Su horror sólo continuó creciendo al sentir que la excitación le calentaba la piel mientras contemplaba sus viriles rasgos. La frente ancha, la nariz recta y los labios perfectos. Los destellos dorados del vello en su mandíbula cuadrada. El provocador mechón de cabello rubio que le caía sobre un ojo. ¿Por qué era tan hermoso?

—¿Estás bien? —preguntó, sobándose la mancha roja en la frente. El corazón de Kate dio un salto al detectar la ternura entretejida en sus palabras. Pero no era un hombre tierno. No podía serlo. Una criatura así existía sólo en los cuentos de hadas. En los sueños de las niñas pequeñas. Era una mentira. Los varones eran brutales y descuidados con las mujeres. En su vida nunca había conocido a uno que no fuera así.

—¡Déjame ir! —exigió, aunque él ni siquiera la estaba tocando. Al menos no con sus manos, aunque su manera tan intensa de mirarla la hacía sentir presa. Por si acaso, se alejó de él. Ignoró el destello de arrepentimiento que detectó en su rostro y volteó a ver a Elise para asegurarse de que estaba bien. Intercambiaron miradas y, sin necesidad de palabras, llegaron a un acuerdo. Ambas sabían lo que tenían que hacer.

Kate se incorporó lentamente y se sacudió la faldas. Tanto ella como su hermana llevaban pantalones debajo. Habían considerado cortarse el cabello y viajar pretendiendo ser hombres. Ahora Kate deseaba que lo hubieran hecho desde el principio. Con un movimiento casual, se aseguró de que su cuchillo siguiera en su bolsillo y, con sólo apretar la empuñadura entre sus dedos, se sintió mucho mejor.

El gigante también se puso de pie. Kate lo miró de reojo y suspiró al darse cuenta de cuán alto era exactamente. ¡Por Dios! No había ninguna razón para perder la cabeza. ¿Por qué era bello? ¿Por qué era alto? ¿Por qué sus hombros eran anchos y sus músculos fuertes? Era su enemigo, todos los hombres lo eran.

—¿Muchacha? ¿Estás bien? ¿Te he lastimado?

Kate abrió la boca para cerrarla un segundo después. No

tenía ninguna respuesta, ni siquiera para una pregunta tan simple. No sabía cómo lidiar con la expresión de arrepentimiento y tristeza de aquel hombre.

—Se ve mareada —intervino el acompañante—, la dejaste noqueada.

El hermoso hombre se echó el cabello hacia atrás y dejó escapar un suspiro.

—No la golpeé con tanta fuerza —dijo, aunque sí lo había hecho—. Creí que nos estaba robando —se lamentó. Y sí, sí que les estaba robando.

—Necesita sentarse. Está temblando.

Kate se sorprendió al darse cuenta de que era cierto. ¡Qué extraño! Ella nunca temblaba. Siempre controlaba sus reacciones, esa habilidad era necesaria para sobrevivir en la Fortaleza Killin: había aprendido a no permitir jamás que alguien percibiera su vulnerabilidad.

Inhaló profundo y se dirigió a un tronco cerca de la fogata. Cuando el hombre la tomó del brazo, ella se retiró bruscamente, pero sólo porque su contacto hacía que un incómodo deseo despertara en sus entrañas. No podía ser... ¿desear a un hombre como ése?, ¿a alguien que se preocupaba por ella y la respetaba? Un hombre así no existía en la realidad. Además, ¿quién era este gigante? Ella no lo conocía, pero era un peligro. Lo mejor sería alejarse de él tan pronto como Elise y ella pudieran.

Capítulo 4

ELISE SE SENTÓ JUNTO A ELLA en el tronco y la abrazó.

—¿Estás bien, mi pequeña Annie?

Katherine sonrió con ternura al escuchar el cariñoso apodo con que su hermana la llamaba.

— ¿Te aplastó esa enorme bestia?

Katherine volteó a ver a la mencionada bestia y un escalofrío la recorrió al recordar la sensación de ese cuerpo sobre el suyo.

—Estaré bien —replicó—, en cuanto pueda volver a respirar.

—No quise aplastarte —musitó el gigante. Giró hacia el otro hombre y exclamó—: ¡Brodie, tráeles agua!

Brodie se puso en pie y obedeció. Nadie dijo una sola palabra hasta que él regresó y les ofreció agua. Elise y Kate bebieron unos sorbos y respiraron hondo, mirando a su alrededor y considerando sus opciones para escapar. Las dos sabían lo que tenían que hacer. Blandirían sus armas, tomando a los hombres por sorpresa, y después huirían sobre los caballos, que necesitaban desesperadamente. La pregunta era si lo lograrían.

Kate sabía, por experiencia propia, que la mejor manera de tomar a un hombre por sorpresa, en especial a un guerrero, era hacerle creer que era superior.

Kate le lanzó una mirada a su hermana y ésta asintió. Ambas miraron a los hombres y batieron las pestañas con coquetería.

—Se lo ruego, señor —dijo Elise en tono implorante—, ¿tiene usted algo de comer? Tenemos mucha hambre.

—¿Cuándo fue la última vez que comieron? —preguntó Brodie con el ceño fruncido. Las hermanas intercambiaron una mirada plagada de falsa tristeza.

—Días —replicó Elise en un murmullo.

La hermosa bestia le hizo a Brodie un gesto, y éste se puso a buscar entre sus bolsas algo que ofrecerles para comer. Entretanto, la bestia se inclinó para mirar a Kate a los ojos. La sensación que le provocaba era desconcertante, pero Kate descubrió que si no lo miraba directamente, su atención era más fácil de soportar.

—¿Por qué intentaron robarnos los caballos? —preguntó en tono suave.

—Los necesitamos —replicó Elise con un suspiro.

—¿Por qué?

Ninguna de las dos respondió, por lo que él repitió la pregunta con un poco menos de paciencia. Brodie volvió trayendo unas rebanadas de pan de avena, pero se negó a dárselas hasta que respondieran. El estómago de Kate emitió un gruñido y ella le dedicó a Brodie una triste mueca. Él se encogió de hombros.

—¿Por qué intentaron robarnos los caballos? —repitió.

¡Ah, cómo eran insistentes! Elise hizo una mueca. Aquella expresión miserable le salía muy bien.

—Tenemos que llegar a Inverness lo antes posible. Es un asunto de vida o muerte —dijo. De hecho, no tenían la menor intención de ir ahí, pero ésa era la historia que habían decidido contar si alguien preguntaba. No podían decir la verdad. Y menos a unos extraños. La bestia arqueó la ceja y Kate no pudo evitar mirarlo. ¿Cómo podía un ser así resultar tan fascinante?

—¿Inverness? —preguntó—. Eso queda muy lejos.

—Ciertamente.

—Así que decidieron robarnos los caballos.

—Lo sentimos —canturreó Elise, volviendo al truco de las pestañas. No pudo evitar mirar de reojo las rebanadas de pan—. Por favor, tenemos mucha hambre...

El hombretón asintió con un suspiro y Brodie les dio el pan de avena, que engulleron en un par de mordiscos para después tomar un poco más de agua. El pan distaba de ser suculento, pero al menos era llenador. No habían mentido acerca del hambre que sentían: llevaban tres días huyendo y no quedaba nada de los trozos de queso y carne seca que se habían robado.

Los hombres las observaron mientras devoraban la comida y luego Brodie suspiró.

—¿Qué vamos a hacer con ellas, Kirk?

Kate se estremeció. Trató de ignorar la conversación, pero de sólo imaginar el tipo de castigo que aquellos hombres les impondrían, estuvo a punto de ponerse a temblar.

—Las llevaremos con nosotros.

Kate se quedó helada y con la boca abierta por unos instantes.

—¿Qué? —se escuchó decir en un pequeño grito. El hombretón, que se llamaba Kirk, atrapó sus pupilas, impidiéndole apartar la mirada. Ahora le parecía todavía más alto que al principio... ¿o sería que ella se estaba encogiendo?

—Nos dirigimos al norte. No podemos llevarlas hasta Inverness, pero por ahora pueden cabalgar con nosotros.

Kate echó un vistazo a los caballos. Al principio se le ocurrió que Elise y ella podrían sentarse en uno y los hombres en el otro, y así podrían escapar en algún momento de distracción, pero ahora se daba cuenta de que aquellos hombres eran demasiado grandes como para compartir una montura. No cabía duda de que lo que ofrecían era que cada una viajara con alguno de ellos. Su nariz se arrugó ante la desagradable circunstancia. Kirk la descubrió en pleno gesto y su expresión se ensombreció.

—Les aseguro que no vamos a lastimarlas.

Ésa no era su preocupación, al menos no mientras tuviera su cuchillo, pero no dijo nada más. Miró a Elise con la pregunta en los ojos y su hermana se encogió de hombros.

—Los dos tenemos hermanas —dijo Brodie con una amplia sonrisa que pareció forzada.

—Ajá, así es. No estaría bien abandonarlas aquí, a merced de cualquiera.

Kate parpadeó. Abrió la boca para decir algo, pero las palabras se le escapaban. Ella era hermana de muchos hombres. De un ejército, para ser exactos, y a ni uno solo le importaba un comino lo que le sucediera. A ninguno le interesaba. Sólo a Elise. Era un plan tentador: cabalgar con dos hombres que las protegerían. Pero no podía confiar en ellos, ¿o sí?

Los miró a ambos, tratando de ver más allá de su apariencia física, tratando de percibir lo que había dentro de cada uno. ¿Podía confiar en que las llevarían al norte, como habían ofrecido? No había manera de saberlo. Su corazón quería creerles, pero su mente era más cautelosa.

—¿Quiénes son ustedes? —preguntó Elise en un momento de lucidez. Siempre había sido la más racional de las dos, cosa que Kate apreciaba. Ella no estaba pensando con claridad en ese momento, lo cual se hizo evidente cuando, por un instante, consideró confiar en aquel hombre.

—Soy Kirk —dijo, poniendo la palma de la mano sobre su corazón, y Kate no pudo evitar mirar su pecho—. Y él es mi primo Brodie.

—¿Y qué los trae por estos lares?

Kirk se encogió de hombros. Y vaya, esos hombros eran enormes.

—Teníamos un asunto con el Señor de Killin.

El estómago de Kate dio una voltereta y la sonrisa de Elise se quedó congelada en su rostro.

—¿Ah, sí? —logró decir.

—Pero el bastardo nos engañó y nos vamos con las manos vacías —gruñó Brodie.

Kate intentó no gruñir. De haberlos conocido antes, les habría ahorrado el viaje: su padre engañaba a todos. Por lo molestos que parecían, detestaban a Cuithbeart Killin, tanto como ella misma. Quizá sería seguro viajar con ellos, pensó, y la idea la llenó de una emoción que le hizo cosquillear la piel, pero ella la silenció de inmediato.

—¿Y a qué clan pertenecen?

Kirk inclinó la cabeza a un lado y sonrió. Era una sonrisa encantadora y a Kate le habría encantado hundirse en ella un rato más, pero las palabras que pronunció a continuación la devastaron:

—Soy Kirk, hermano del Señor de Rannoch.

¡Oh! No pudo haber sido peor. Porque este hombre, hermoso y tentador, que pudo haber sido su salvación, no lo era. Se trataba del hombre que habían enviado a la Fortaleza Killin para llevársela y entregarla al enemigo, con el que estaba condenada a casarse. Era el hermano del terrateniente más malvado de Escocia. Era, de hecho, su peor pesadilla.

Capítulo 5

KIRK NO PODÍA DESVIAR LA MIRADA de la muchacha, brillando ante la luz del amanecer. Nunca había sentido esa reacción tan poderosa ante una mujer, al menos no a primera vista. No podía olvidar la sensación de su cuerpo, el aroma de su piel, su aliento. Aunque ambas eran hermosas y tenían el cabello rojo, la más bajita, la de los rizos más brillantes, había capturado toda su atención. Sus rasgos eran exquisitos, aquellos grandes ojos de un verde profundo, la noble pero delicada nariz y esos labios... ah. Sus labios le hacían doblar las piernas. En especial cuando su rosada lengua asomaba para humedecerlos.

Se estremeció por un instante. Ajá, era una belleza, ciertamente. La otra era más alta y aunque su rostro era bonito, no le provocaba la misma reacción. Su cabellera era de un tono rojizo más pálido, casi ambarino, y sus ojos también eran verdes, pero no poseían la misma profundidad. Una lluvia de pecas le adornaba la nariz. Su expresión era pícara, mientras que la de su ángel era modesta, casi tímida.

Era evidente que una de las dos muchachas era Katherine

Killin, y eso era un alivio. ¿Dos pelirrojas en el bosque, a un día de distancia de la Fortaleza Killin? ¿Un castillo que acababa de perder a una hija pelirroja? Ajá, una de ellas era Katherine, y los rumores decían que era todo, excepto tímida. Tenía la esperanza de que su ángel no fuera la nieta de Sabin, aunque fuera una tontería. Ah, cómo le gustaría seducirla. Tenderla con suavidad sobre la paja y besarla, desnudar su pecho y acariciarla hasta que pidiera más...

Sería muy desafortunado que ella resultara ser la prometida de su hermano. Por suerte, Kirk no era un soñador: era un hombre de acción. Se sentó junto a las muchachas y se dio cuenta de que los dos pares de ojos miraban de reojo hacia su faldón. Con un gruñido, cambió la posición de sus piernas y lamentó no poder ocultar su excitación. ¡Diablos! Fueran quienes fueran, no quería asustarlas.

—¿Entonces? —preguntó—, ¿quiénes son?

Ambas apretaron los labios, como era de esperarse. Y los labios de su ángel... ¡qué adorables eran!, en forma de arco, rosados, delicados y tentadores, como todo en ella.

Kirk intentó dirigir su atención a la muchacha más alta que, por su arrogante expresión y ceño fruncido, bien podía ser Katherine Killin, pero sus ojos se desviaban inevitablemente a la otra chica. Había algo en ella, una luz en su mirada, la forma de su rostro, aquellos labios... algo lo había atrapado y se negaba a dejarlo ir.

Era más que una mujer hermosa; hacía que su sangre hirviera, que su respiración se acelerara y que su imaginación enloqueciera. Al ver que no respondían a la pregunta de Kirk, Brodie intervino.

—¿Por qué se dirigen a Inverness?

Kirk siguió la línea de su amigo y suavizó sus rasgos en un gesto de conmiseración.

—¿Acaso están huyendo de algunos villanos?

Ah. Eso sí que provocó una reacción. Las muchachas intercambiaron miradas y después la más alta dejó escapar un suspiro.

—Ajá —musitó, y lo miró a través de sus largas pestañas con expresión de pena—, villanos.

—¿Están en peligro?

De nuevo fue la más alta quien respondió.

—Sí, lo estamos.

Kirk entrecerró los ojos.

—Podemos ayudarles a escapar, pero tienen que ser honestas con nosotros.

—Claro.

—¿De quién están escapando? —preguntó Kirk, y las muchachas intercambiaron miradas, con los labios tan apretados que formaban líneas rectas—. ¿De Killin?

Las dos vacilaron ante la mención del odiado nombre. Aquella era confirmación suficiente: una de ella debía ser Katherine.

—Ajá —murmuró la más alta tras un largo momento. Aunque agradecía que alguien hablara, una parte de él quería escuchar a la otra. Ansiaba conocer mejor el sonido de su voz, sobre todo cuando no estaba gruñéndole furiosamente.

—No se preocupen —dijo Brodie en tono tranquilizador—, no tenemos ningún plan de devolverlas a aquel bastardo.

—Exacto —confirmó Kirk mientras asentía con firmeza—, Killin no es amigo de los Rannochs.

Y entonces, su ángel se dignó a hablar.

—Los Rannoch son nuestro enemigo.

¡Ah!, su voz era una deliciosa melodía, encantadora, sublime... y absolutamente devastadora. Porque el modo en que había pronunciado su nombre lo había dejado muy claro: lo despreciaba. Y el miedo en sus ojos también era innegable. La furia se despertó dentro de su alma.

Los Rannochs eran un noble linaje, que descendía directamente del gran Kenneth McAlpin, el primer Rey de las Montañas. Se trataba de gente pacífica, a menos que fueran provocados, y se enorgullecían de su caballerosa naturaleza. Las repugnantes historias que Killin había contado acerca de su clan le encolerizaban y, sobre todo, le enfurecía que ellas las creyeran.

Apretó los dientes y le ordenó a sus músculos faciales adoptar una expresión benigna, una sonrisa amable.

—No somos los monstruos que el Señor de Killin ha dicho —dijo en tono gentil—, nuestra misión es escoltar a Katherine Sabin Killin y asegurarnos de que llegue sana y salva con su nuevo esposo, Ben Rannoch. Por mi honor que no les haremos daño. ¿Alguna de ustedes es la nieta de Sabin?

Hubo otra larga pausa y las muchachas intercambiaron miradas una vez más. Parecían haber perfeccionado el arte de hablar sin palabras. Tras un momento, asintieron y la más alta de las dos se incorporó.

—¡Soy yo! —dijo—, yo soy Katherine Killin.

Gracias a Dios no había sido su ángel quien había hablado.

La ola de alivio que le inundó el pecho no tenía ningún sentido. Se volvió hacia ella y no pudo evitar sonreírle, esperando que la tensión que había sentido no fuera evidente en sus facciones.

—¿Y quién eres tú? —le preguntó a la más bajita. Deseaba saberlo desesperadamente. Su pulso se aceleró a causa de la expectación. Ella bajó la mirada como si fuera demasiado tímida para verlo a los ojos.

—Soy... la dama de compañía de Katherine, Ann.

Su nombre era Ann. No Katherine. ¡Ah, gloria!, ¡bendita gloria! Y era una dama de compañía. Excelente. Una dama de alta cuna no buscaría nada con un segundo hijo, ¿pero una dama de compañía? Estaría encantada de aceptar sus atenciones, sin duda. Éstas sí que eran buenas noticias. Pero había un obstáculo más que sortear. Centró toda su atención en Katherine.

—Deberían viajar con nosotros —declaró con firmeza—, permitir que las escoltemos a ti y a tu dama hasta Rannoch.

Para su consternación, la dama enderezó la columna y adoptó una imponente postura señorial:

—¡Tumbaste a mi dama al suelo! —reclamó, indignada—, y tú —continuó, señalando a Brodie–, ¡tú me maltrataste!

Brodie carraspeó. Debía estar imaginando cómo le explicaría al Señor de Rannoch el hecho de que la rodilla de Katherine le hubiera golpeado la entrepierna.

—Yo... yo... —tartamudeó.

—¿Nos piden que viajemos con ustedes habiéndonos tratado de manera tan grosera?

—Bueno... las sorprendimos intentando robarnos los caballos —argumentó Kirk, sonriendo para suavizar su reclamo—, no sabíamos quiénes eran.

Katherine alzó la nariz y levantó las cejas.

—Y por eso, les ofrecemos una disculpa —dijo.

—Así es —confirmó Ann. Alzó la mirada hacia Kirk con una expresión de súplica que provocó un aleteo en su estómago. ¡Por todos los cielos, era realmente adorable!

—Entonces, ¿vendrán? —preguntó, sosteniéndole la mirada—. ¿Viajarán con nosotros? ¿Nos permitirán mantenerlas a salvo?

Kirk contuvo el aliento mientras las muchachas consideraban su propuesta. Sentía los latidos de su corazón en las sienes, la tensión en los músculos. Necesitaba que aceptaran urgentemente. Aquellos caminos eran demasiado peligrosos para que un par de hermosas mujeres viajaran solas, pero no era sólo eso; tampoco era porque fuera su misión llevar a Katherine Killin; ni siquiera se trataba de lo mucho que odiaba a Cuithbeart Killin. No, había algo más. Quería, deseaba que Ann aceptara.

La realidad del asunto era que si las mujeres rehusaban la oferta, Brodie y él se verían obligados a llevarlas por la fuerza, incluso maniatadas, si era preciso. Katherine Killin sería llevada a Rannoch, a costa de lo que sea. Pero el camino sería mucho más agradable si el uso de la fuerza no era necesario.

Kirk jamás habría seducido a una mujer atada, y tenía toda la intención de seducir a la pequeña Ann, así que contenía el aliento mientras las muchachas tomaban una decisión sobre su ofrecimiento. Tras lo que pareció una eternidad, Katherine asintió.

—Ajá. Viajaremos con ustedes.

La agitación cesó de inmediato y fue reemplazada por una sorprendente alegría. Ella vendría con él. Cabalgaría con ella hasta Rannoch. Era un estúpido alivio, una esperanza estúpida. Apenas se conocían, pero la emoción que sintió cuando la miró era innegable. Esto era más que una mera atracción, aunque no sabía qué nombre ponerle. Lo único que sabía era que no podía dejarla ir. No la perdería. Su seducción de la pequeña Ann estaba a punto de comenzar.

Capítulo 6

KATE NO ESTABA PREPARADA para cabalgar con ninguno de aquellos guerreros. Cuando los hombres empacaron, el gigante montó su caballo y le ofreció su enorme mano. Ella titubeó. Para empezar, desde su montura él parecía todavía más grande. La posibilidad de salir corriendo hacia el bosque pasó por su mente, pero sabía que no podría correr más rápido que su caballo. Además, aquel no era el momento de escapar.

Impaciente por que no tomara su mano, Kirk Rannoch entrecerró los ojos y emitió un sonido parecido a un gruñido. La molestia creció en el interior de Kate. No le gustaba que le gruñeran, en especial cuando lo que estaba por hacer le ponía los pelos de punta. De modo que alzó la barbilla, arrogante, entrecerró también los ojos, y le gruñó de vuelta. Él parpadeó, sorprendido.

—Venga ya, muchacha —dijo él en un tono más gentil—, esta bestia es perfectamente segura.

Por supuesto, el caballo era perfectamente seguro, pero ¿lo sería él? Inhalando profundo, tomó al fin la enorme mano. Él la subió al caballo con una velocidad y fuerza que la marearon.

Sí que era fuerte. Pero ese pensamiento se desvaneció muy pronto, y otra sensación la inundó: había esperado que él la levantara y la acomodara detrás, pero en vez de eso la había puesto frente a él, con sus fornidos brazos rodeándola y su cuerpo apretado contra el musculoso pecho de él. Aunque, honestamente, no estaba segura de cuál opción era peor, si verse forzada a abrazarlo para no caerse, o esto. Porque sentada de lado y con el tibio aliento de él acariciándole la mejilla, era mucho más difícil ignorar su presencia.

Con cada movimiento, él la rozaba y, para su propio horror, ella se acercaba más a él. Su viril aroma la rodeaba y su calor corporal la quemaba. Su mirada era ardiente, también. Se ordenó ser valiente y lo miró a los ojos.

—Esto no es cómodo —dijo, y él rio. Kate tuvo unas ganas incontrolables de enterrarle algo filoso entre las costillas, pero su codo era lo más anguloso que tenía al alcance.

—¡Auch! —se quejó él, frunciendo el ceño. Y después, para su humillación, la cargó y la acomodó, como si fuera sólo un liviano fardo de paja. La tomó de la cintura, la levantó y la movió para colocarla sobre la montura, como él.

Aunque resultaba mortificante ser tratada como equipaje, aquella posición era mejor. Por un lado, podía mirar al frente sin que su enorme cuerpo le tapara el horizonte, y por otro lado podía inclinarse hacia delante y así evitar tener contacto con él desde la cintura y hasta el cuello. Por alguna razón, él volvió a reír.

—¿Estamos listos? —preguntó Kirk sin dirigirse a nadie en particular, y después espoleó al caballo, tomando a Kate por sorpresa. El impulso la hizo caer hacia atrás, sobre su pecho.

No cabía ninguna duda de que él había acelerado de ese modo a propósito, para lograr que ella fuera muy cerca de él. Katherine se separó con determinación y se sentó con la columna tan recta como le fuera posible, aunque evitar el contacto requería demasiado esfuerzo.

Mientras recorrían el sendero que los alejaba de la Fortaleza Killin, se fue relajando más. No podía admitirse a sí misma que apreciaba apoyarse en ese cuerpo, o que los fornidos brazos que la rodeaban la hacían sentir... segura. Y, a medida que su comodidad aumentaba, el nudo en su estómago comenzó a relajarse. Por supuesto, resultaba molesto que Elise y ella hubieran sido capturadas, y más por aquellos hombres, pero no le cabía duda de que Kirk Rannoch sería un protector adecuado. Viajar con un guerrero tan poderoso tenía sus ventajas.

Su certidumbre se tambaleó cuando el caballo dio un paso en falso y Kirk la tomó de la cintura para evitar que cayera... y luego dejó la mano ahí. Al principio, Kate se propuso ignorar el indeseable contacto, la hirviente impresión de esa palma en su costado, y por un rato, lo logró. Pero entonces, el pulgar de él se movió. Fue sólo un pequeño roce, nada muy evidente, pero ella lo sintió en el centro de su ser. Inhaló profundo y se quedó quieta. Seguro había sido un movimiento involuntario. Seguro... pero no. Un instante después la acarició de nuevo, y esta vez no había manera de dudar que era intencional.

Volteó bruscamente a verlo y los labios de él, llenos y hermosos, se torcieron. Arqueó una ceja. ¡Por todos los cielos!, ¿estaba coqueteando con ella? Apretó los labios para evitar que una retahíla de insultos escapara de su boca y volvió la vista al camino, pero su mente era un torbellino.

Kate había pasado toda su vida en la Fortaleza Killin, rodeada de hombres que no tenían respeto alguno por las mujeres. Había tenido que pelear para salir airosa de alguna situación desagradable más de una vez y, a pesar de ello, en varias ocasiones fue manoseada por alguno de los hombres de su padre. Además de eso, todos los hombres con los que se había topado eran burdos y solían estar ebrios, y Kirk Rannoch se había portado totalmente diferente hasta el momento, poniendo en duda las historias de horror que Kate había escuchado acerca de su clan. Sus dedos parecían pedir permiso, su gentil contacto era más una invitación que un toqueteo vulgar. Y a pesar de sí misma, el contacto le gustaba. Él le gustaba.

Le atraía la forma de su cara y sus rasgos, tan agradables. Desde su fuerte y noble nariz hasta los azules ojos, rodeados de largas pestañas. Le gustaba su mandíbula cuadrada y el hoyuelo de su barbilla. Y que su cuello fuera grueso y musculoso, y sus hombros anchos y fornidos. Le gustaba estar entre sus brazos. La sensación de su calor rodeándola. Y sobre todo, le encantaba su aroma, esa mezcla de piel, sudor y algo indefinible que la hacía querer llenarse los pulmones de aquella fragancia.

Jamás había ansiado olfatear a un hombre de esa manera y no estaba muy segura de cómo sentirse al respecto. No sabía qué pensar de todo aquello. Cuando se detuvieron para tomar un descanso al mediodía, Kirk desmontó primero y después le ofreció una mano para ayudarla a bajar. Kate no pudo evitar notar que, con ella todavía sobre el caballo, sus ojos estaban a la misma altura.

—¿Qué te ha parecido la cabalgata, muchacha? —preguntó mientras la tomaba de las caderas.

—Bueno... —comenzó, y su voz le sonó extraña. Probablemente porque tenía mucha sed, ¿por qué otra razón podía ser?

—¡Excelente! —replicó él mientras la bajaba al suelo lentamente, haciendo rozar el cuerpo de Kate contra el suyo. Sus ojos azules jamás abandonaron la verde mirada de ella—. ¡Más que excelente! —susurró satisfecho.

¡Por Dios! ¿Cómo podía un hombre causar tal aleteo en su pecho con tan pocas palabras? Mientras lo contemplaba, ahogándose en el mar de sus ojos, él sonrió y la soltó delicadamente. Ella estuvo a punto de caer, pues sus rodillas se negaron a sostenerla, y tuvo que aferrarse a él, mortificada. Su risa, que súbitamente le parecía un hermoso sonido, flotó a su alrededor.

—Ha sido una mañana muy larga. Dale a tus piernas un momento para recuperarse.

—Ajá —dijo ella, y aunque seguía tambaleándose un poco, avanzó hasta el tronco en el que Elise se había sentado. Brodie les ofreció un tarro con cerveza y bebieron ávidamente.

—¡Qué día! —dijo Elise cuando Brodie se alejó para buscar algo de comer en sus bolsas. Kate miró a su hermana.

—Al menos estamos lejos de Connor —dijo.

—Eso espero.

Era difícil creer que su medio hermano las dejaría ir tan fácilmente, pero quizá le había creído el cuento que le habían contado a una de sus hermanas: que Elise y ella planeaban dirigirse hacia el sur, a Glasgow.

—Es muy guapo —dijo Elise, señalando a Kirk con un leve movimiento de cabeza. Kate frunció el ceño. Por alguna razón, el comentario le molestó.

—¿Quieres cambiar de escolta? —le ofreció.

—¡Nah! Por supuesto que no —dijo su hermana con una carcajada. ¿Qué quería decir "por supuesto que no"?—. Ése no es el punto.

—Ah, así que hay un punto —gruñó Kate. Elise tenía fama de ser la más inteligente de las dos, pero a veces dosificaba sus observaciones para divertirse, lo cual era realmente exasperante.

—Hay dos puntos muy importantes —dijo al fin—. Para empezar —y alzó un dedo— Kirk Rannoch es un hombre muy guapo —declaró, y levantó otro dedo—. Y además, es el hermano del hombre al que estás prometida... contra tu voluntad.

—Ajá —dijo Kate, agotada. Ambas observaciones eran más que obvias para cualquiera que tuviera oídos y ojos. Entonces, su hermana levantó un tercer dedo al tiempo que arqueaba una ceja, sabihonda.

—El tercer punto es que claramente le gustas.

Kate retrocedió como si sus palabras la hubieran quemado.

—¡Por supuesto que no! ¿De dónde sacas eso?

—He estado observando —dijo Elise con una pícara sonrisa.

—¿Y?

—Los he contemplado toda la mañana. Deberías ver el modo en que te mira.

—Ah, por favor...

—Vamos, Kate. Ese tipo de modestia no te queda bien —rio Elise, y los hoyuelos en sus mejillas hicieron su aparición.

—¿Y qué si es un hombre guapo?, ¿y qué si le parezco atractiva? —cedió Kate con un suspiro.

—Se te olvida lo más importante: es el hermano de tu prometido. Y piensa que tú eres mi dama de compañía —dijo Elise, y con su expresión dejaba claro que esperaba que Kate comprendiera a dónde iba con todo aquello. Era terriblemente exasperante.

—¿Y?

—¿No entiendes? ¿De verdad? —resopló Elise.

—¡Nah! —replicó Kate.

—Si no logramos escapar de estos hombres, nos llevarán hasta Rannoch y tú te casarás con La Bestia.

—Estoy enterada de eso.

—Pero... ¿y si dejas que Kirk te seduzca?

Kate se quedó paralizada y miró a su hermana con los ojos muy abiertos, pero no estaba escandalizada ante la sugerencia. No estaba reaccionando como debiera. En vez de eso, sus palabras la habían envuelto en un lazo ardiente de emoción. Su mente se llenó de imágenes, de visiones de ellos dos juntos, entrelazados. Eran ciertamente inapropiadas, pero le estaba costando mucho trabajo sacarlas de su cerebro. Permanecieron ahí, cubriendo su corazón y su alma y encendiendo un ansia que no le era familiar y que venía de lo más profundo de su ser.

—¿Qué...? ¡Qué absurda idea!

Ah, pero no era absurda. Era una posibilidad más que agradable, aun siendo absolutamente descabellada. Y cuando Elise volvió a hablar, lo impensable se volvió... bueno, pues no tan impensable, después de todo.

—¿Qué pasaría si el hermano de tu prometido te deshonrara?

¡Oh, por todos los cielos! El plan de Elise floreció dentro de su pecho como una rosa. Miró de reojo a Kirk, que cepillaba a su corcel. Sus músculos se tensaban con cada movimiento. ¡Oh, Dios!

—La Bestia me repudiaría —susurró—, no le quedaría otra opción.

—Exactamente. Sólo piénsalo por un momento.

Y eso haría. No podía pensar en otra cosa, de hecho. La fantasía resultaba deliciosa no sólo porque frustraría el odioso plan que el duque le había impuesto, sino porque tendría a Kirk. Podría besarlo, acariciar aquellos fornidos músculos, dejarse llenar de pasión.

Kirk era diferente a cualquier otro hombre que hubiera conocido, y no nada más por su magnanimidad física: era gentil con ella y, a juzgar por sus tentativos avances, no sería abusivo o cruel si ella llegaba a aceptar sus atenciones. Siempre había soñado con un hombre como aquel, pero sabía que ése no sería su destino, no con los planes que Killin tenía para ella.

Y de pronto ahí estaba, la oportunidad no sólo de tener a un hombre así, sino de escapar de su miserable futuro. Sobre todo, lo que tenía era la oportunidad de elegir y eso, en sí mismo, era un pensamiento seductor. Más seductor que arruinar su matrimonio o que frustrar los planes políticos de un grupo de hombres poderosos a los que no les importaba el destino de las mujeres a las que enviaban a sufrir. Más seductor incluso que la emoción de acostarse con un hombre glorioso.

Podría elegir su destino. Ése era un regalo de Dios que muy pocas mujeres recibían. Rechazarlo sería un pecado.

Capítulo 7

KIRK NO ESTABA SEGURO de por qué la pequeña Ann lo miraba a través del claro con aquel destello en sus verdes ojos, pero no le molestaba. Notar su atención hizo que en sus entrañas se encendiera un fuego que por poco lo consume. Tenerla entre sus brazos toda la mañana había sido un exquisito tormento: sus perfectas caderas rozándose contra él con cada paso del corcel mientras su miembro viril permaneció excitado durante casi todo el día.

Por lo general, era un hombre capaz de controlar su mente y su cuerpo, en especial si estaba en una misión encomendada por el Señor de Rannoch, pero ahora que Ann le prestaba atención y lo recorría con la mirada, haciendo gala de una pequeña sonrisa, estaba perdido. Comenzó a imaginarse con ella y las visiones acapararon su mente.

¿A qué sabría? ¿Cómo respondería a sus besos? ¿Sería salvaje en la cama o actuaría con dulce modestia y sumisión?

—¿Continuamos? —sugirió Brodie, con una palmada en su hombro.

—¿Qué? —replicó, tomado por sorpresa. Cuando volvió al presente, asintió—. Ajá.

—Se avecina una tormenta —dijo Brodie, mirando al oscuro horizonte—, quizá podamos dejarla atrás si partimos ahora.

—Ajá —repitió Kirk. Si estuvieran ellos dos solos, la lluvia no sería un problema: se pondrían las mantas sobre la cabeza y seguirían cabalgando. Pero la presencia de las damas cambiaba totalmente la situación.

El grupo se dispuso a seguir y, sin mayor demora, montaron los corceles y cabalgaron, esta vez un poco más rápido. ¿Era su imaginación, o Ann se recargaba sobre su pecho con mucha más confianza que antes? Estaba sucediendo. En algún momento, ella se acomodó de lado, en vez de mirar al frente, y se acurrucó contra él, manteniendo el equilibrio con una mano sobre el muslo de Kirk mientras el caballo continuaba en el sendero.

Sí, la mano de ella sobre su muslo. ¡Cielos! Hizo todo lo posible por ignorar la sensación y enfocarse en el camino, pero era incapaz. Quizás estuviera mal tomar las riendas con una mano y poner la otra sobre la cadera de ella para detenerla. Cierto, no necesitaba ningún apoyo, pero ¡Dios!, tocar aquellas maravillosas curvas era irresistible. Cuando ella ronroneó y se pegó más a él como respuesta, se le nubló la visión.

Estaba tan afectado, tan embrutecido por el delicado aroma, el contacto y el apenas perceptible movimiento de los dedos de Ann sobre su pierna, que no se dio cuenta de que la tormenta los alcanzaba. La primera gota que cayó sobre su cabeza era tan gruesa, que lo obligó a voltear hacia arriba. ¡Diablos!

Examinó el horizonte y distinguió el conjunto montañoso de Ben Lawers a la distancia. Brodie y él habían acampado ahí cuando iban rumbo a la Fortaleza Killin, y le pareció que los huecos y las cavernas de la montaña podrían brindarles refugio. Llamó a su amigo y le hizo una seña, a la que Brodie respondió con una inclinación de cabeza. La cabalgata se convirtió en galope. La súbita sacudida sorprendió a Ann, que soltó un grito y rodeó a Kirk con los brazos.

—No te preocupes, mi pequeña dama —susurró en su oído, apretándola con más fuerza. Y ¡ah!, la mirada que ella le lanzó, llena de confianza, lo derritió. Lo hizo sentir poderoso y valiente, un hombre que podía protegerla de cualquier peligro. Cosa que él, por supuesto, era.

Lástima que no pudo protegerla de la lluvia que los empapó cuando los cielos, enfurecidos, se abrieron. Se tomó un momento para sacar su manta y envolverlos a ambos con ella, formando un cómodo capullo de lana, pero la tormenta no daba tregua y rápidamente atravesó la gruesa tela. Sin embargo, con los cuerpos apretados uno contra el otro y el calor de los dos sellado por la manta, se mantuvieron lo suficientemente calientes.

Kirk la abrazó mientras galopaban a través del prado rumbo a las cavernas. Sabía que estaban cerca, aunque en ese momento no podía verlas: la tormenta lo cegaba. Tampoco alcanzaba a ver a Brodie, pero eso no le preocupaba, pues sabía que se reencontrarían cuando la tormenta se calmara. De hecho, la situación le parecía bastante agradable. Ann y él juntos, como si estuvieran solos en el mundo, y ella entre sus brazos, aferrándose a él.

Su buen ánimo cayó en pedazos cuando el primer relámpago golpeó tierra. Fue demasiado cerca, y lo hizo gruñir. Todos los vellos de sus brazos se erizaron. Un segundo después, un trueno estremeció el valle. Espoleó a su caballo y se inclinó hacia delante, indicándole a Ann hacer lo mismo. Debían moverse lo más rápido posible: la zona no era arbolada y ellos eran el punto más alto en el campo y por lo tanto el blanco más probable del próximo rayo mortal. Sus entrañas se encogieron, su corazón golpeaba sus costillas y la lluvia que chorreaba de su cabeza se mezclaba con un sudor frío. Necesitaba llevarla a un refugio, ya.

Se pasó una mano por los ojos, intentando quitar el agua de su vista, pero tan pronto como se limpió el agua de lluvia, ésta volvía a acometerlo. Finalmente, distinguió la montaña. Examinó la base buscando alguna saliente que pudiera servirles de refugio y el alivio que lo recorrió cuando descubrió una caverna, casi lo hizo olvidarse de la lluvia. Era imposible saber qué tan grande era mirándola a través de la vaporosa neblina y la cortina de la tempestad, pero tendría que ser suficiente.

Dirigió a su caballo a esa dirección y rezó porque pudieran llegar hasta ahí antes de ser carbonizados por un terrorífico relámpago celestial.

Capítulo 8

FUE UNA CABALGATA GLORIOSA. Kate deseaba agitar los brazos, mirar hacia arriba, sentir la lluvia en la cara y perderse en el momento. Correr a través del valle con Kirk, cálido y fuerte detrás de ella, era magnífico. Siempre había amado las tormentas, la salvaje belleza de la naturaleza. La hacía sentir en sintonía con el mundo, viva. Pero nunca había estado en una tempestad más apasionante que ésta.

Podía sentir el sabor ácido de los relámpagos en la lengua, la electricidad de su energía en el cabello. El peligro los acechaba, y era muy excitante. Aunque eso no era lo único excitante. Estaba, también, el enorme y musculoso hombre que la abrazaba, respirando sobre su cuello con fuertes jadeos. El movimiento de sus cuerpos mientras cabalgaban creaba una fricción que los mantenía siempre en contacto. El calor de la manta los unía y había un aroma húmedo entre ellos. ¡Ah, era espléndido!

Cuando llegó a su fin, resultó casi decepcionante. Él aminoró el paso y guio al caballo a una saliente de la roca. Y entonces, él se deslizó del caballo, dejándola sola y súbitamente fría.

Cuando él le ofreció la mano para ayudarla a bajar, ella lo miraba con una mueca en la cara.

—¿Te encuentras bien, muchacha?

—Ajá —replicó ella, apoyando las manos en sus anchos hombros y permitiéndole que la bajara. ¡Dios, qué grande era! Tan fuerte, tan seductor, con esos rasgos tan intensos. Ni siquiera intentó ocultar su estremecimiento.

—Estás congelada —dijo él en voz grave y baja. Ciertamente no lo estaba. Estaba ardiente. La emoción de aquella frenética cabalgata, la amenaza de muerte que venía del cielo y el puro pulso de la vida, y de todo lo que los rodeaba, palpitaba en sus venas. Fue por eso que dio un paso hacia él, en vez de un paso atrás. Y estiró el brazo para tocar su gruesa nuca, lo atrajo hacia ella para susurrar:

—Me salvaste la vida.

Fue por eso que lo besó.

Seguramente había planeado darle un beso de gratitud, de agradecimiento. Debía ser rápido, desapasionado y casto. Quizá se había estado engañando a sí misma, porque lo que más deseaba, hasta la última fibra de su ser, era probarlo. ¡La gloria! Fue un beso mágico. Comenzó con un roce de sus labios con los de él. Pero después, conquistada por el sabor de su aliento y la caricia de terciopelo de su boca, se quedó ahí. Sus dedos se enredaron en los rizos rubios de él, jalándolos. Se acercó más, eliminando el espacio que había entre ellos desde el pecho y hasta las caderas.

Aunque él permitió que ella hiciera lo que quería, ella notó cómo le costaba resistirse a besarla también. Todos sus músculos estaban tensos, y se movía hacia atrás. Eso la molestó, así que inclinó la cabeza y profundizó el beso, metiendo la lengua entre sus labios. Él emitió un sonido, algo entre un suspiro y un gemido, y se separó de su beso por completo.

Antes de que ella pudiera protestar, la levantó con un brazo y la sostuvo contra la pared. A ella le encantaba su poder, el calor de sus músculos, su pasión abrasadora. Pero lo que más la excitaba era que él no cedía a su salvajismo. Incluso en aquel momento, en medio de sus ardientes besos, no perdía el control. Se contenía para no aplastarla contra la pared de roca.

Con un gruñido, retrocedió de súbito y la miró.

—Muchacha, me provocas —dijo con voz rasposa. Ella intentó ocultar una sonrisa, y fracasó—. No podemos hacer esto.

¡Oh, el ánimo se le fue a los pies! Lo que menos le preocupaba ahora era su plan de frustrar el casamiento con el hermano de Kirk. Su cuerpo vibraba con un deseo que nunca antes había experimentado. Era un anhelo que comenzaba en su piel y llegaba hasta lo más profundo de su alma. Una necesidad. Para su sorpresa, él rio, y aquello la indignó.

—¿Qué es tan gracioso? —soltó. ¿Acaso él no notaba cómo sufría?

—Muchacha, muchacha —suspiró él, sin dejar de sonreír. Le acarició los cabellos empapados y le pasó los dedos por la mejilla, en un intento por calmarla. Ella lo miró con el ceño fruncido. Tendría que hacer algo para contentarla. Pero entonces, ¿qué fue lo que hizo? Volvió a reírse y la envolvió con sus brazos—. Antes, tengo trabajo que hacer —murmuró, en tono seductor. Aquel tono indicaba que, en efecto, habría más besos. Más... de todo.

—¿Trabajo? —preguntó ella, sonriendo sin dejar de arquear las cejas, suspicaz.

—Ajá. No voy a tomarte entre las rocas. Y debo atar al caballo y alimentarlo. Y una fogata no nos vendría mal.

¡Ah, una fogata sonaba fantástica! Quizá le permitiría hacer todo eso antes de besarlo de nuevo. Asintió.

—De acuerdo. Pero no te tomes demasiado tiempo —dijo. Los labios de él esbozaron una sonrisa mientras se dirigía a su corcel. Le quitó la silla y buscó entre sus bolsas. Le lanzó una túnica de lana.

—Deberías cambiarte esa ropa mojada —dijo—. No me gustaría que te enfermaras.

Kate estuvo a punto de gruñir. Estaba muy lejos de ser una delicada florecilla, pero no le importaba que él la mirara de ese modo.

—¿Y tú? —preguntó.

—Yo estoy bien.

Ella asintió y caminó hacia una pequeña caverna que se adentraba en la montaña. No era muy grande, no lo suficientemente grande como para el caballo, pero un lecho cabría ahí perfectamente. Se cambió rápido, poniéndose la túnica seca, e inhaló profundo al descubrir que tenía el aroma de él. Después comenzó a reunir pequeñas ramas del suelo de la cueva. Era evidente que más gente se había refugiado ahí antes. Por fortuna, había suficiente combustible para que ella encendiera una pequeña fogata. Tendió su vestido cerca de las llamas, esperando que se secara antes del amanecer. No podía usar aquella túnica para siempre, aunque era suave y cálida y olía divinamente.

Kirk volvió y sus ojos se abrieron mucho al contemplarla. Algo en ellos brillaba. Quizás era admiración al descubrir lo diligente que era, y cómo había preparado el fuego sin su ayuda, pero lo más probable es que fuera verla vistiendo su túnica, que sólo la cubría hasta las rodillas. Resultaba bastante indecente, pero a Kate no le importó en absoluto.

—Esta manta se mantuvo seca —dijo él, extendiéndola sobre el suelo—, y traje algo de queso y cerveza, si te apetece.

Ella asintió, acercándose. Aunque tenía deseos de algo más, su estómago estaba vacío y tenía lógica mantenerse fuerte para lo que viniera. Tenía toda la intención de seducir a Kirk Rannoch esa noche y no sabía cuánto esfuerzo requeriría esa tarea. Era algo que no había hecho nunca... y ya no podía esperar para intentarlo.

Capítulo 9

¡POR TODOS LOS CIELOS!, ¡qué adorable era! Ahí estaba de pie a la luz de la fogata, mirándolo con sus hechizantes ojos verdes. Kirk había pasado todo el día sufriendo a causa de una excitación extrema que no cedía. Había logrado sobrevivir acariciándola subrepticiamente e imaginando lo que harían juntos si llegaban a quedarse solos. Y ahora, gracias a la providencia, la tenía toda para él.

Pero no tenía ni idea de por dónde comenzar. No es que fuera un hombre sin experiencia, la tenía. Simplemente quería que la experiencia fuera maravillosa para Ann, y las circunstancias no eran las mejores. Estaban en una cueva fría, que se abría al exterior y a la furiosa tormenta. Lo único que tenían para separarlos del suelo era una manta delgada; además, su intuición y sus besos, le decían que Ann era virgen.

No es que sus besos no hubieran sido divinos. Sí que lo eran. Pero había saboreado su inexperiencia. Por suerte, su entusiasmo también había estado ahí. Decidió que el mejor acercamiento era tomar las cosas con calma, así que se sentó en la manta, acomodó ahí la comida, y señaló el espacio junto a él.

Ella tomó asiento, sentándose sobre sus tobillos y cubriendo sus piernas con la túnica. Y luego lo miró. ¡Ah, nunca debió mirarla! Cualquier cosa relacionada con la comida o con seducirla lenta y dulcemente, desapareció de su mente. Sólo quedaba un pensamiento: el deseo de volver a besarla.

Se inclinó sobre ella y le acomodó un rizo rojizo detrás de la oreja con cuidado. Y luego, incapaz de contenerse, le acarició la mejilla.

—¡Qué bonita eres, pequeña Ann! —dijo, dejando las formalidades atrás, y después rozó sus labios con los suyos. Para su sorpresa, ella retrocedió.

—Por favor, deja de llamarme "pequeña" —dijo, en tono contrariado.

—Pero eres pequeña.

—¡Nah! tú eres grande —declaró, recorriéndolo con la mirada y deteniéndose justo bajo la cintura de él. No cabía duda de a qué se refería. Kirk tampoco pudo dudar que lo deseaba, y entonces la lujuria lo recorrió como un incendio forestal y, sin pensarlo, la atrajo entre sus brazos y la besó. Sabía que no debía ser tan brusco. Sabía que debía dejarla tomar la iniciativa, pero no podía contenerse.

La besó, empujándola suavemente hacia la manta, y se tendió sobre ella. ¡Ah, era dulce y suave bajo su peso! Su carne era tersa y generosa. Seguía abrazándola mientras rozaba su boca, su cuello, su hombro. Su piel era deliciosa y cálida. Sus gemidos lo urgían a continuar.

Tenía un brutal deseo de contemplar sus pechos, de modo que siguió complaciéndola, besando y mordiendo su sensible piel, mientras aflojaba los lazos de la túnica que Ann llevaba.

Malditos lazos. Al fin pudo abrirlos lo suficiente para retirarla y exponer una pequeña cereza madura. Era perfecta. Redonda, rosada, vivaz. Con un gemido, lamió el pezón y después lo engulló. Ella se quedó inmóvil. Jadeó. Sus dedos se hundieron en los músculos de su espalda.

—¡Ah! —exclamó—, ¿qué me estás haciendo?

No era una exclamación de sufrimiento ni de enojo, gracias al cielo, así que lo hizo de nuevo. La lamió y la mordisqueó y saboreó un pecho y luego el otro, aunque tenía que mover la túnica de izquierda a derecha para hacerlo. Para poder tocar los dos a la vez, tendría que romper la túnica. No le importaba, tenía otras túnicas.

Mientras exploraba las gloriosas cumbres de sus pechos con la boca, sus manos no estaban quietas. Se paseaban por todo su torso, y se movieron más abajo para encontrar su piel desnuda. La excitación corría por sus venas cuando encontró el dobladillo y sintió los muslos, suaves como la seda, pero por más que disfrutara acariciándolos, tenía una misión, un objetivo.

Le encantaba cómo ella se retorcía, había enredado los dedos en su cabello y lo atraía, pidiéndole seguir. Levantó la cabeza para mirarla a los ojos al encontrarse con su nido... y la calurosa y húmeda bienvenida que ahí le esperaba. Su miembro se sacudió, se irguió por completo causándole dolor mientras la acariciaba, excitándola aún más.

Los labios de ella estaban entreabiertos, sus ojos vidriosos. Su cabeza se estremecía mientras él rozaba el centro de su ser con la punta de los dedos. Adoraba la manera en que sus atenciones arrojaban su cordura al viento. Adoraba que suplicara suavemente.

—Kirk, Kirk...

Ah, qué hermoso resultaba escucharla gimiendo su nombre. Y de pronto, se quedó muy quieta. Sus ojos se cerraron, sus labios se abrieron en un suspiro y su cuerpo se estremeció. Sintiendo que ésa era su oportunidad, no titubeó, penetrándola con dos dedos. Muchos pensamientos lo invadieron al mismo tiempo. El primero, que ella era, en efecto, virgen. El segundo, que estaba tan apretada que le nublaba la visión. El tercero, que ella estaba terminando otra vez, cerrándose alrededor de sus dedos mientras él llegaba más profundo. Y por último, supo que necesitaba estar dentro de ella. En ese instante. Necesitaba poseerla y llenarla.

Le tomó menos de un segundo levantarse el faldón y encontrar su miembro. Lo empuñó, se acomodó entre sus piernas, y entró. Era el paraíso. Indescriptible, inalterable paraíso.

* * *

¡Santo Dios, qué grande era! Kate se acomodó para tratar de aliviar el dolor que sentía mientras Kirk presionaba hacia su interior. Había sentido la gloria con sus besos, con sus caricias, incluso las más lascivas. Quizá especialmente aquellas. Un deleite irracional, un placer bestial la había consumido y había querido más, más, más. Cuando él había empujado sus dedos hacia dentro, había sentido un pellizco, pero había sido placentero. Esto... no tanto.

Cerró los ojos y apretó los dientes mientras él la invadía. Aunque seguía habiendo destellos de placer, la dolorosa incursión lo dominaba todo. Sentía como si fuera invadida por completo. Como si él pudiera partirla en dos. Estaba a punto de quejarse o pedirle que parara, cuando algo cambió. Su miembro chocó contra algún punto en lo más profundo de ella, algún punto en el que confluían terminaciones nerviosas hasta ahora desconocidas para ella... y un manantial de placer la inundó.

—¡Ah! —jadeó. Él alzó la mirada y buscó sus ojos.

—¿Te gusta eso? —preguntó, retrayéndose ligeramente para volver a buscar aquel punto. Kate hundió las uñas en su espalda y cuando eso no le bastó, metió las manos entre la tela de su faldón y encontró su trasero desnudo, al que se aferró para, también, empujarse contra él.

—¡Dios! —resopló Kirk. Su expresión se tornó más intensa. Apretó la mandíbula y se retiró de su interior. Ella estuvo a punto de protestar, pero Kirk no le dio tiempo y, con un gruñido, la penetró profundamente de nuevo. Su cuerpo se inflamó de placer y su mente daba vueltas. Se abandonó por completo mientras Kirk se movía sobre ella, embistiéndola como una bestia, llevándola más y más lejos, más y más cerca de una cumbre que nunca antes había conocido.

Ella se sacudió frenéticamente, luchando contra él y por él mientras ambos se agitaban y buscaban alcanzar aquel lugar, aquel paraíso en que dos se convertían en uno. Él se movía como un loco, sosteniendo su mirada y gimiendo con cada embestida. Ella lo envolvió con sus piernas para mantenerlo ahí, apremiándolo con cada respiración. Él buscó su clítoris con los dedos y, sin dejar de moverse, se dio a la tarea de frotarlo. Ráfagas de éxtasis la azotaron de pies a cabeza. Comenzó a temblar. Los oídos se le taparon y el más puro deleite circuló por sus venas, haciéndola arder. Y entonces su miembro se inflamó aún más dentro de ella, aumentando la tensión entre los dos hasta que era casi insoportable.

—Por favor, por favor —suplicó ella, pero era demasiado tarde. Antes de que las palabras emergieran, un torbellino se apoderó de ella, lanzándola y haciéndola sentir el más absoluto placer. Cuando volvió en sí, estaba sin aliento. Kirk yacía a su lado, jadeando también. Se apoyó en el codo y le acarició la mejilla.

—¿Estás bien, pequeña Ann? —susurró.

¿Bien? Aquello había sido increíble. Mucho más de lo que se hubiera atrevido a soñar. Por supuesto, no había necesidad de admitirlo: el ego de aquel hombre no necesitaba ser recompensado. Así que agitó un dedo frente a su cara.

—No me digas "pequeña" —lo regañó. Él tomo aquello como una broma, aparentemente, pues soltó una carcajada antes de abrazarla y besarla.

—Olvidamos comer, pequeña Ann —dijo. Y aunque su insistencia con aquel apodo la indignaba, estaba muy hambrienta, así que decidió dejar el asunto y alimentarse.

Mientras engullían su humilde cena de carnes secas y pan de avena, y se bebían unos tragos de cerveza, ella revivió la pasión que habían compartido y disfrutó de los últimos vestigios de placer que aún la recorrían. En su pecho predominaba una sensación de bienestar. En general, estaba muy complacida por la manera en que se habían dado las cosas: en primer lugar, que su hermana y ella se hubieran topado con ese par de hombres.

Y que la oportunidad de arruinar el casamiento arreglado hubiera surgido y ella la hubiera tomado.

Había disfrutado seduciéndolo, no cabía duda... aunque no estaba segura de ser la única culpable de esa seducción. Pensar eso la emocionaba. Cuando terminaron de comer, se acurrucaron y compartieron su calor mutuo. En algún momento de la noche, ella despertó al sentir los labios de él en su cuello y sus manos sobre sus pechos, y descubrió que su cuerpo estaba ardiente y listo para volver a ser invadido. Esta vez, no hubo ningún dolor. No hubo nada más que el más absoluto éxtasis.

Era una lástima que tuviera que abandonarlo a la primera oportunidad.

Capítulo 10

LA MAÑANA LLEGÓ DEMASIADO PRONTO. Eso siempre ocurre cuando un hombre despierta con una adorable y apasionada mujer entre sus brazos. Esa mañana resultó mucho más desagradable porque fue Brodie quien lo despertó. Su amigo estaba de pie en la entrada de la cueva, bloqueando la luz, con las manos en la cintura y el ceño fruncido.

—¿Qué demonios está pasando? —ladró. Kirk parpadeó y separándose suavemente de Ann, se incorporó.

—Shhh —susurró—, la vas a despertar.

La miró, pero no debió hacerlo. Su túnica, sospechosamente rota en la apertura del cuello, se había movido, revelando uno de sus perfectos pechos. Su miembro pasó de casi despierto a duro como el acero en un instante. ¡Diablos! Ojalá Brodie no los hubiera buscado con tanto entusiasmo. Habría dado lo que fuera por tenerla una vez más. En vez de eso, cubrió su desnudez con la manta y fingió demencia. Se levantó, se estiró, y guio a Brodie fuera de la caverna. El caballo de su amigo pastaba junto al suyo en el campo. Era un día hermoso. El sol brillaba y los pájaros cantaban y él había pasado la noche más maravillosa. Todo estaba bien en el mundo. Hasta que Brodie le dio un empujón mientras se alejaban de la cueva.

—¿Qué diablos fue eso? —le preguntó, furioso.

—Dos personas refugiándose de la tormenta —replicó Kirk, encogiéndose de hombros. El bufido de Brodie hizo eco a lo largo y ancho del valle.

—¡Es la dama de compañía de Katherine! —exclamó.

—¿Y?

—¿Has pensando en el futuro?

Sí. Sí que lo había hecho, casi por toda la noche. Había decidido quedarse con ella.

—¿Te imaginas cómo podría complicarse esto cuando Katherine se case con Ben? —preguntó Brodie.

—¿Por qué habría de complicarse?

—No creo que a Katherine le guste mucho que hayas seducido a su dama de compañía. Presionará a Ben para que te cases con ella. En especial si hay un niño.

Kirk se tropezó con sus propios pies. ¿Un niño? No había pensado en eso. Por alguna extraña razón, una calidez le inflamó el pecho. Le sonrió a Brodie.

—¿De qué te ríes?

—Ella me gusta —declaró.

—¡Ay, todas las muchachas te gustan, Kirk!

—Ésta me gusta especialmente.

—Bueno, pues espero que sepas lo que estás haciendo.

—Yo también eso espero. Por cierto, ¿dónde está Katherine? —preguntó Kirk.

—Haciendo... sus necesidades.

—¿Y la dejaste sola?

—¡No iba a quedarme ahí a mirar!

—¡Diablos, Brodie! Es la prometida de Ben. La prometida que no quiere serlo. Tenemos que vigilarla —dijo, y salió corriendo con dirección a los arbustos cuando, para su alivio, vio a Katherine caminando hacia ellos mientras se sacudía el vestido.

—Buenos días —dijo, haciendo una pequeña reverencia— espero que hayas pasado una buena noche.

Ella sonrió, con falsa timidez.

—No fue la más agradable, pero al menos encontramos un refugio para la tormenta. ¿Y ustedes? ¿Y Ann? —preguntó, mirando a su alrededor.

—Encontramos dónde refugiarnos también. Ann sigue durmiendo —respondió Kirk, gesticulando hacia la caverna. En el instante en que ella estuvo lo suficientemente lejos, Brodie puso los ojos en blanco.

—Aquella es una salvaje, te digo —murmuró.

—¿De verdad?

—Ajá. Trató de escapar varias veces.

—¿En serio? ¿En la tormenta?

—Ajá —gruñó Brodie—. Esta noche deberíamos atarlas.

—¿Qué? —rio Kirk—. No vamos a atar a nadie.

No era necesario. No ahora. Brodie profirió una maldición antes de declarar:

—No envidio a ese Ben en absoluto.

—¿Por qué?

—¡Por Dios, Katherine se quejó de absolutamente todo!, ¡del clima y de la cabalgata y de cómo le dolía el trasero!

—Mmm.

Ann, bendita sea, no había proferido una sola queja. De hecho, había tomado la situación como una aventura. Le gustaba eso de ella... la verdad era que le gustaba todo de ella.

—Deberíamos intercambiar —propuso Brodie. Kirk volteó a verlo con la frente arrugada y a punto de mostrar los dientes. ¿Intercambiar? No había manera de que aceptara. En ese momento, Ann salió a la luz y su atención se enfocó en ella. Dios. ¿Sería posible que fuera aún más hermosa aquella mañana? Llegó hasta ella, incapaz de borrarse la sonrisa de la cara. Se había puesto su vestido, y aunque éste seguía húmedo y estaba manchado, lucía hermosa.

—Buenos días —saludó él con una reverencia. Apenas lo había hecho cuando se dio cuenta de que no era apropiado inclinarse ante una dama de compañía, pero ni Ann ni Katherine parecieron notar su error.

—¿Dormiste bien?

—Ajá —respondió ella con una sonrisa traviesa—, a pesar del suelo de roca.

Kirk se sintió incómodo.

—Siento mucho las circunstancias —dijo.

—Fue muy duro —agregó Ann sin dejar de sonreír, y Kirk sintió cómo el rubor coloreaba sus mejillas—. Pero estuvo muy bien —aseguró ella, mirándolo de reojo a través de sus pestañas. ¡Ah, le encantaban sus sutiles bromas y su coquetería!— Hay que probar cosas nuevas de vez en cuando.

—Yo preferiría no haber probado eso —bufó Katherine, y luego agregó—: Brodie ronca.

—¿En serio? —preguntó Ann con una carcajada.

—Ajá —replicó Katherine, y a continuación miró a Kirk fijamente—. ¿Y él? ¿Ronca también?

—Yo... eh... —tartamudeó Ann—. No sé.

—¿No?

—Si lo hizo, no me di cuenta —dijo, encogiendo un hombro con adorable delicadeza.

—Deberíamos emprender la marcha —intervino Brodie—, si hacemos buen tiempo, podemos detenernos antes del anochecer y quizás encontrar algo de carne fresca para la cena.

Kirk asintió y se dirigió a la caverna a recoger sus cosas. Abandonar aquel lugar lo llenó de tristeza: siempre tendría un lugar querido en su corazón. Nunca olvidaría lo que ahí había pasado entre ellos. Aunque, con suerte, podría volver a pasar esa noche. Puede que fuera difícil de arreglar, con Brodie y Katherine pisándoles los talones, pero quizá podría convencer a Ann de dar una caminata por el bosque. Y si no, estaban a poco más de un día de cabalgata de la aldea de Fortingall, donde podrían hospedarse en una posada. Por supuesto, él se aseguraría de que tuviera un cuarto propio. Y lo más caballeroso sería ordenar un baño para ella, claro. Y sí: tendría que hacer lo mismo por Katherine, pero el costo no sería mucho, y sería dinero bien gastado.

—¿Entonces? —preguntó Elise cuando los hombres se alejaron a preparar las monturas—, ¿qué pasó?

Kate la miró con el ceño fruncido. Aunque Elise era su hermana y su amiga más querida, una parte suya no quería revelar lo que había sucedido. Era demasiado íntimo y sus emociones seguían a flor de piel. Pero Elise podía leer su mente, por lo visto, o al menos su expresión.

—¡Oh, no! No te atrevas a decirme que te estás enamorando.

Kate retrocedió, tomada por sorpresa. Había sido un asunto físico. Un acto que la había transformado de doncella casadera a mujer que podía tomar sus propias decisiones. No había habido nada emocional en ello, nada. En absoluto. Era un acto necesario y que él había deseado. Nada más. Aunque esas razones no explicaban por qué habían hecho el amor la segunda y la tercera vez. De acuerdo, había sido agradable. Excesivamente. Ësa era una buena excusa, ¿o no? Debería serlo.

—¿Entonces? ¿Te estás enamorando de él?

—¡Claro que no —soltó ella—, no seas ridícula!

Elise la estudió con una pizca de cinismo en la mirada.

—Es guapo —dijo.

—Ajá, sí que lo es —concedió Kate.

—Me imagino que besa como el mismísimo diablo.

Ah, y así continuó, intentando sonsacarle hasta el último detalle, pero sus labios permanecieron sellados. La miró, muy seria.

—No voy a hablar de eso —dijo, y al fin su hermana comprendió que no cedería.

—Está bien —suspiró Elise, vencida—. Sólo dime: ¿lograste que él te...?

¡Qué humillante! Kate puso los ojos en blanco.

—Ajá. Ahora deja de hacer preguntas.

—Excelente —dijo Elise mientras se frotaba las manos—. Pero eso no significa que dejaremos de buscar la oportunidad de escapar.

—Claro que no —afirmó Kate. Viendo que los hombres

estaban listos, se dirigió hacia los caballos. Y trató de ignorar la negra nube que sentía descender sobre su cabeza.

* * *

Brodie volvió a pedirle a Kirk que intercambiaran parejas, pero Kirk no permitiría que Ann estuviera entre los brazos de alguien más por nada en el mundo. Aunque había disfrutado cabalgar con ella el día anterior, este día era mucho mejor. Era más doloroso, sin duda, ya que ella insistía en provocarlo, frotando su trasero contra él y susurrándole toda clase de cosas al oído. Cosas como "¡Ah, qué fuerte eres!", o "¿Qué es lo que siento rozándome la espalda?". Hubo un momento en que ella incluso aferró su miembro entre sus dedos, y él estuvo a punto de caer del caballo. Así que, pensándolo bien, quizá debió dejar que cabalgara con Brodie.

Pero no. No habría podido soportarlo. Quizás hubiera matado a su amigo por ponerle las manos encima. En ocasiones, cuando el sendero se ensanchaba, cabalgaban lado a lado con la otra pareja y conversaban. Fue durante estas conversaciones que Brodie y él se enteraron de cómo habían sido las vidas de estas mujeres en el castillo de Killin. El que las dos llevaran siempre un puñal, les impresionó.

—Por protección —explicó Katherine.

—¿De quién? ¿Acaso los hombres de Killin no respetan a sus hijas?

Kirk se quedó con la boca abierta cuando las dos soltaron una carcajada.

—Nadie respeta a las mujeres, mucho menos a las hijas de Killin —dijo Ann amargamente.

—Incluyendo al propio Killin —agregó Katherine, a lo que Ann asintió—. Y no porque nos considerara como propiedades valiosas.

—Cierto. Pero nunca hizo el menor esfuerzo por controlar a los hombres —dijo Ann—. Lo mejor era quedarnos en nuestros cuartos. O volvernos muy habilidosas con una daga —y agitó un cuchillo imaginario en el aire.

—Ajá. En especial cuando tenía... invitados —dijo Katherine, y se estremeció.

El estómago de Kirk se encogió. En primer lugar, porque la visión de la pequeña Ann teniendo que ahuyentar hombres en su propio hogar lo trastornaba físicamente. Y en segundo, porque por medio de sus palabras, Ann había delatado una nueva información. Le tomó la barbilla con los dedos y giró gentilmente su rostro para observarlo. Después analizó los rasgos de Katherine. Debió darse cuenta antes. El parecido era innegable.

—¿Tú eres hija de Killin? —pregunto. Ella lo miró, confundida.

—Claro. Todas las mujeres que viven en la fortaleza son, o hijas suyas, o mujeres que han dado a luz a su progenie.

Kirk miró a Brodie, aunque sabía lo que vería en su rostro. Y ahí estaba, la expresión de "te dije que sería complicado". De modo que Ann no era solamente la dama de compañía de Katherine, en efecto, lo era, pero ambas eran hermanas. Por alguna razón, la noticia lo sorprendió, aunque realmente no era trascendente. No había seducido a Ann con la intención de abandonarla: planeaba llevarla de vuelta al castillo de Rannoch como su amante. Quizá no pudiera convencer a Ben de que podía casarse con una dama de compañía y convertirla en una mujer honesta, pero una hermana era otro asunto. Y a Kirk no le importó demasiado este giro de las circunstancias.

Había disfrutado tenerla inmensamente. Y la había disfrutado a ella inmensamente. Su sonrisa, sus carcajadas, su sentido del humor. La idea de pasar toda la vida con una mujer así no le repelía en absoluto, si fuera necesario.

Estos pensamientos rondaron su mente todo el día mientras se dirigían al norte. Aunque la tormenta del día anterior los había retrasado bastante, habían logrado un buen avance. Aún estaban lejos de Fortingall, por lo que lamentablemente no pudieron disfrutar de los cuartos privados, pero encontraron un buen lugar para acampar.

Kirk se ocupó de preparar lechos cómodos para las mujeres con hojas secas y agujas de pino, Brodie se perdió entre los árboles para cazar conejos y las mujeres reunieron leña para la fogata. Brodie volvió con una buena cantidad de animales y entre todos prepararon la cena, que fue placentera y acompañada de una agradable conversación. Ann pasó la noche coqueteando, aunque fue discreta y mantuvo el asunto entre ellos dos. En general, fue una noche encantadora. Lo único malo fue que no hubo oportunidad de ir a caminar con Ann por el bosque, pues al terminar la cena, Katherine había insistido en que estaba cansada y quería irse a dormir temprano. Ann, por supuesto, la había acompañado.

Pero Kirk trató de no sentirse decepcionado. El día había sido bueno. Había aprendido bastante acerca de Ann y ahora estaba convencido de que su encuentro era asunto del destino. Entre más lo pensaba, más le gustaba la idea de estar juntos, indefinidamente. Y a juzgar por el tono coqueto y la dulce expresión en su rostro cuando le deseó una buena noche, Ann pensaba lo mismo.

No necesitaba acostarse con ella aquella noche, en el bosque, ciertamente. Aunque el bosque fuera mejor que una caverna, no era lo ideal. Podía esperar, en especial si ella sería suya para siempre. Por eso, a la mañana siguiente, resultó extremadamente desconcertante encontrarse con que las mujeres habían huido.

Y se habían llevado los caballos.

Capítulo 11

—DEBIMOS HABERLAS AMARRADO. Te lo dije —mencionó Brodie por enésima vez mientras caminaban pesadamente por el polvoso sendero. Kirk lo miró, molesto. Con suerte llegarían a Fortingall pronto y el tormento terminaría. No el de caminar, sino el de escuchar "te lo dije" un millón de veces.

Por supuesto que Kirk no había sido capaz de atar a la pequeña Ann de manos y pies. No habría sido muy romántico que digamos. Además, él estaba convencido de que ella sentía algo por él, igual a lo que él sentía por ella. Creía que había disfrutado de su encuentro en la caverna. Sus sonrisas provocadoras dejaron sus deseos muy en claro. Pero al demonio con todo: ella no había sentido lo mismo, de hecho, no había sentido nada. Lo había abandonado. Y no sólo eso: lo había engañado y abandonado.

Ahora lo invadía el amargo desencanto de saber que todo había sido una representación para obligarlo a bajar la guardia. Su hermana y ella habían obtenido lo que querían desde el principio: sus caballos y su libertad. Se sentía como un idiota y ciertamente no necesitaba que Brodie se lo recordara cada cinco pasos. Sabía perfectamente lo estúpido que era. ¿Cómo demonios iba a explicárselo a Ben? ¿Y al duque?

Pero eso ni siquiera era lo peor. Lo peor era que ella le gustaba muchísimo. Su cuerpo seguía ansiándola. ¿Qué clase de mujer llegaba a tales extremos para engañar a un hombre? No era una mujer inocente. A pesar de lo que su cuerpo le indicaba y de lo que había sentido al penetrarla, resultaba imposible creer que hubiera sido virgen. Era tan salvaje, tan fácil de complacer. Ninguna mujer respetable intercambiaría su castidad por un caballo. ¡Nah!, imposible que hubiera sido pura. Lo cual, tristemente, no lo hizo sentir mejor. Y más allá, ¿qué clase de mujer seducía a un hombre con tal facilidad, sólo para usarlo y marcharse después?

Entonces comprendió al fin su enorme error. ¡Ah, era un tonto de primera! Ella era una Killin. ¿Qué más había que decir? El clan era conocido por su falsedad, sus engaños, traiciones y horribles actos. Y los actos de Ann fueron realmente infames.

Sus sombríos pensamientos fueron interrumpidos de súbito por un aullido. No cabía duda de que lo había proferido una mujer, e hizo que un escalofrío le recorriera la columna. Brodie y él intercambiaron miradas y se echaron a correr. Tomaron la curva en el sendero y se detuvieron en seco ante la escena que se desarrollaba frente a ellos. La visión de Kirk se nubló.

Cuatro hombres, dos mujeres, seis caballos. Un instinto salvaje y violento se atoró en su garganta al ver a Ann y Katherine estremeciéndose entre los brazos de dos hombres de aspecto brutal mientras otros los miraban y se reían a carcajadas. Uno de ellos gritó algo despreciable, tomó uno de los pechos de Ann y lo apretó. Ella gritó, pero Kirk no podía escuchar más allá del clamor dentro de su cerebro. El bastardo la estaba tocando.

La rabia lo cegó. Emitió un sonido que venía de lo más profundo de su alma. Su rugido reverberó en el aire y los hombres se paralizaron. Voltearon, buscando con la mirada a la bestia que los acechaba. Antes de que pudieran registrar lo que se aproximaba, Kirk y Brodie habían desenfundado sus espadas y corrían hacia ellos con otro grito de guerra que le habría helado la sangre a cualquiera.

Uno de los hombres viró su caballo y simplemente echó a correr. El segundo, que sostenía a Katherine, la echó a un lado y sacó su arma. El tercer hombre desenfundó también. El que tenía a Ann retrocedió hacia su caballo, sujetándola frente a él a modo de escudo. ¡Maldito gusano carroñero! Ese hombre moriría. Pero antes, Kirk tenía que lidiar con los otros dos.

Impulsado por la furia y reforzado por las habilidades obtenidas tras años de entrenamiento y batallas, se lanzó a la acción, avanzando hacia el hombre más cercano y apaleándolo con un golpe rotundo tras otro. Kirk supuso que el hombre era un guerrero, pero le faltaba el fervor que a él, en esos momentos, le sobraba. No pasó demasiado tiempo hasta que el villano se dio cuenta de que estaba sobrepasado, y acabó huyendo hacia el bosque para alcanzar a su cobarde amigo.

Mientras tanto, Brodie se encargaba del otro tipo, así que Kirk pudo concentrarse en perseguir al bastardo que tenía las manos sobre Ann. Comenzó a caminar hacia ellos con el pulso acelerado. Y entonces, echó a correr.

* * *

Gracias al cielo. El alivio había inundado a Kate al ver a Kirk y Brodie aproximarse por la colina con sus espadas desenfundadas. Pero ahora, la visión de aquel hombre, su hombre, con todos los músculos inflamados debido al esfuerzo, las fosas nasales abiertas y esa mirada de furia en sus ojos... le asustaba. El hombre que la sostenía debió intimidarse también, pues su cuerpo entero comenzó a temblar. Dio un paso atrás, lo cual no tenía ningún sentido. Kirk llegaría hasta él, retrocediera uno o cien pasos. Al fin la liberó y sacó su espada. Un azote helado la recorrió. Kirk era grande, pero este hombre lo sobrepasaba. Era un verdadero salvaje, mientras que Kirk era un alma noble. Aunque no lo pareciera en aquel momento.

Los hombres chocaron con un tremendo estruendo de metales. Mientras se batían, se miraban fijamente, midiendo el temple de su oponente. Kate observó sin respirar. Odiaba pensar que Kirk se lastimara o muriera en aquella batalla. No soportaba la idea. Pero no podía hacer nada para ayudar, al menos no con su pequeña daga. Dada la intensidad del enfrentamiento, cualquiera de los dos acabaría hiriéndola sin siquiera darse cuenta. Lo único que podía hacer era mirar mientras se movían en círculos para después lanzarse de nuevo uno contra el otro rugiendo con fiereza y entrechocando sus aceros.

No se trataba de un intercambio delicado, con reglas a respetar o treguas de caballeros. Era una batalla de fuerza bruta y músculos. Para horror de Kate, fue el desconocido quien hirió primero a Kirk en el brazo que llevaba la espada. Verlo sangrar la trastornó. Para su sorpresa, Kirk simplemente se cambió la espada de mano y continuó embistiendo al granuja hasta que trastabilló, cayendo sobre el suelo. Su espada cayó a su lado y alzó las manos.

—¡Me rindo! —chilló. Pero a Kirk le importaba un maldito comino. Alzó su espada, listo para darle el golpe letal.

—¡Kirk! —exclamó Brodie— ¡Ya se rindió!

Kirk miró a su amigo de reojo.

—La tocó —gruñó.

—¿Y merece morir por eso? —preguntó Brodie en tono bromista. A todas luces intentaba calmar a su amigo, pero no funcionó.

—Cualquier hombre merece morir por eso.

¡Oh, cielos! Kate tenía que admitir que ésa era una declaración conmovedora.

—¡Vamos, Kirk! —intervino en voz baja, acercándose a inspeccionar a su torturador que, de rodillas, temblaba de miedo—. ¿No estarás exagerando un poco?

—Este bastardo te ofendió —gritó Kirk con los ojos entrecerrados y la espada vibrando entre sus manos.

—Quizá podrías cortarle la mano —sugirió Kate—, o alguna otra parte del cuerpo que haya estado a punto de ofenderme aún más —dijo ella señalando la entrepierna del pobre hombre.

—¡Piedad! —chilló—, ¡por favor!, ¡piedad!

—Ah, míralo —se burló ella, inclinando la cabeza a un lado—. Parece arrepentido.

—¡No me importa si está arrepentido o no! ¿Ya se te olvidó lo que él y sus amigos planeaban hacer con ustedes?

—No, no se me ha olvidado. Pero sugiero que en vez de cortarle la cabeza, la mano o... cualquier otra cosa, lo llevemos hasta Tummel y se lo entreguemos a Calder Sabin. No estamos lejos.

Era una excelente idea. Calder Sabin era el Señor de Tummel, después de todo. Kirk la miró fijamente. Al menos, su sugerencia había logrado que se distrajera lo suficiente como para que su furia disminuyera un poco.

—¿Calder Sabin? ¿Para qué lo llevaríamos ahí?

—Estos hombres son de Sabin —indicó Kate, señalando el escudo que el hombre llevaba bordado en su chaqueta. En ese momento llegó Brodie, arrastrando a su vencido contrincante. Lo empujó hasta que cayó junto a su colega. Elise los alcanzó segundos después, caminando con una leve cojera.

—¡Dios! —exclamó Kate al verla—, ¿estás bien?

—Sí, no hay de qué preocuparse— replicó su hermana.

—¿Oíste lo que quiere que hagamos? —le preguntó Kirk a Brodie al tiempo que enfundaba su espada.

—¿Qué?

—Sugiere que le entreguemos estos rufianes al Señor de Tummel.

Brodie la miró aturdido. Después miró a Elise.

—¿Quiere que devolvamos estos hombres a nuestro enemigo... porque son sus hombres? —preguntó.

—Puesto así, no tiene ningún sentido —suspiró Kate—, pero quizá podríamos devolverlos para que sean castigados. No olviden que Katherine Killin es la nieta de Sabin. El Señor de Tummel recompensará a quien la haya salvado y buscará vengarse de los hombres que la hayan atacado —explicó, imprimiéndole a lo último una supuesta sed de sangre que sirvió para seguir aterrorizando a los hombres que temblaban a sus pies.

—Nuestra misión no es llevar a Katherine a Tummel —objetó Kirk—, nuestra misión es llevarla a Rannoch.

La mirada que intercambió con Brodie dejó muy en claro que habían adivinado su plan. ¡Diablos! Bueno, valió la pena intentarlo. Toparse con los hombres de Sabin había sido terriblemente frustrante. Habían escapado llenas de esperanza y ésta se desvaneció en el momento en que los guardias las atacaron. Lo peor era que se trataba de los guerreros de su abuelo, hombres a los que había estado buscando desde el principio y que debían haberla llevado a casa a salvo. Pero cuando les había dicho quién era, se habían reído. Después la habían bajado de su caballo por la fuerza y habían comenzado a tocarla y a amenazar con hacerle cosas terribles.

A pesar de su aplomo usual, tenía que admitir que se había asustado mucho, y no sólo por ella misma, sino por Elise. Darse cuenta de que podían haber sido robadas, violadas o asesinadas era desconsolador, y el hecho de que los tipos a los que acababan de despojar de sus monturas habían sido quienes las habían salvado, era todavía más preocupante.

Y ahí estaba, en el mismo desafortunado predicamento. Dirigiéndose al castillo de Rannoch sin esperanza alguna de escape. Su estómago se revolvió cuando escuchó que Brodie le preguntaba a Kirk:

—¿Ahora sí estás de acuerdo conmigo en que debemos atarlas?

Para su horror, Kirk le lanzó una mirada helada y asintió.

—Ajá, Ajá. Estoy de acuerdo.

Capítulo 12

¿CÓMO PUDO HABERLA CONSIDERADO recatada?, ¿dulce?, ¿sumisa? No pudo haber estado más equivocado. La pequeña Ann era feroz, en especial cuando estaba atada de pies y manos. Lo embestía sin piedad con el codo, se sacudía con furia entre sus brazos y le había soltado una larga retahíla de insultos. Algunos de ellos eran tan terribles, que le habían retorcido los dedos de los pies. Ajá. No estaba complacida en absoluto.

Kirk enderezó la columna y la apretó más, aunque eso no controló su codo, que ella le enterraba en cada oportunidad. Y aunque era una muchacha pequeña, tenía buen tino y a veces lo dejaba sin aliento. Ya podía esperar que las patadas que le había dado en la pierna izquierda se convirtieran en moretones. Por suerte ya no estaban lejos de Rannoch, les quedaban dos días, máximo.

Cuando atravesaron la aldea de Fortingall, Kirk intentó no entristecerse al recordar los deliciosos planes que tenía para la posada del lugar. Aunque se detuvieran ahí, lo cual no tenía sentido, ya que apenas era mediodía, era obvio que no habría noches de pasión en una cama de verdad. De hecho, no habría más noches con Ann. Al menos no hasta que lograra aliviar su furia.

Estaba convencido de que, con su encanto legendario, podría cortejarla y ganar sus favores de vuelta. Dedicó el tiempo durante aquella incómoda cabalgata para planear su seducción. Desafortunadamente, esos pensamientos sólo inflamaban su excitación y hacían el camino todavía más incómodo.

Cuando Ann se dio cuenta de que su miembro estaba duro como una vara y rozando su espalda baja, lo miró furiosa por sobre del hombro.

—¿De verdad? —siseó. Él intentó verse tan inocente como era posible, pues en el fondo, no era culpa suya. Era demasiado atractiva para resistirse, incluso cuando lo arremetía con el codo. Era justo que él le hiciera lo mismo... al menos un poquito. Ciertamente no tanto como quisiera.

—Deja de hacer eso —gritó.

—¿Hacer qué? —preguntó él, fingiendo demencia.

—Deja de frotarte contra mí.

—No estoy haciendo nada de eso —dijo Kirk, y ella le respondió con una mirada de hielo.

—Sabes que sí. Es increíble. Todos los hombres son iguales.

El comentario lo hizo erizarse. Él era diferente a los demás, sin duda. Y mucho más guapo que la mayoría.

—Eso es mentira —replicó.

—No lo es —dijo Katherine, que viajaba sobre el caballo de Brodie, amarrada de pies y manos—. Lo único que los hombres conocen es la fuerza bruta. No son más que animales.

—No somos animales. Las estamos llevando a un lugar seguro —respondió Brodie, y las dos mujeres gruñeron. Y no eran gruñidos propios de una dama. En absoluto.

—A ustedes no les interesa nuestra seguridad —dijo la pequeña Ann, en un tono que lo hirió—. Son como Connor Killin, sólo buscan usarnos para sus propios fines.

La acusación hizo que la furia despertara en su pecho, pero estaba enredada con otra emoción que no lograba definir. ¿Culpa? No podía ser culpa. Eso sería ridículo. Fuera lo que fuera, lo recorrió de pies a cabeza como una corriente eléctrica, encendiéndolo de rabia.

—¡No me parezco en nada a Connor! —gritó.

—Son la misma mierda.

Kirk parpadeó. ¿En verdad había dicho mierda? Abrió la boca para responder, pero ella no le dio tiempo.

—Nos tomaron prisioneras.

—Por la fuerza —agregó Katherine.

—Nos tienen atadas como criminales y...

—¿Y qué? —musitó él. Ella levantó las manos, entrelazadas con la gruesa cuerda de cáñamo.

—Me lastimaste —se quejó Ann. Ah, Dios. Había marcas rojas en sus tiernas muñecas.

—Kirk —gruñó Brodie a lo lejos—, no te suavices. Recuerda lo que hicieron.

—Quizá no tenemos que apretar tanto las cuerdas —sugirió Kirk con el ceño fruncido.

—¡Nah! —resopló Brodie—, si quieres les damos nuestros caballos y ya. Será más fácil.

Kirk estuvo a punto de mostrarle los dientes. Odiaba que Brodie tuviera razón. Odiaba que lo conociera tan bien, y odiaba tener un corazón tan suave cuando se trataba de mujeres en peligro. Y, sobre todo, odiaba que Ann sólo hubiera tratado de manipularlo con sus lloriqueos. Supo que había sido así cuando la muchacha giró para gritarle a Brodie:

—¡Bastardo! —con una alarmante voz de tenor. El aludido sólo se rio y espoleó a su caballo a un trote suave. Kirk podía sentir la furia de Ann dirigida a la espalda de su amigo. Casi temblaba de rabia. Siendo el caballero que era, era normal que intentara calmarla.

—Basta —gruñó Ann.

—¿De qué hablas?

—Quítame la mano de encima.

Sí, le estaba pasando la mano por el costado, pero con la más pura intención de reconfortarla. Quedaba claro que no se sentía reconfortada.

—Quítame la mano de encima o juro por lo más sagrado que te la corto.

—No tienes ningún arma —replicó. Brodie y él les habían confiscado las dagas.

—No tengo ningún arma por el momento —amenazó ella en escalofriante tono—, pero no dudes que llegará el momento en que tenga una, y te aseguro que nada me dará más placer que cortarte la mano —aseguró. Y por si quedara alguna duda, le lanzó la mirada más helada hasta el momento—. Y también te cortaría el miembro. Así que, avisado quedas.

Kirk retiró su mano como si la muchacha estuviera en llamas. Ajá. La pequeña Ann no era recatada en absoluto.

* * *

¡Mierda, mierda, mierda, mierda! Diablos, ser prisionera era muy molesto. Kate no estaba segura de por qué su ira la cegaba a tal grado, pero tenía una sospecha. Los hombres la habían tratado con rudeza toda su vida. Sabía cómo eran. Había sido una idiota por imaginar que éste sería distinto. ¡Había sido tan gentil con ella aquella noche, en la caverna! Dulce, tierno... amoroso, incluso. Una parte de ella, aunque había tratado de resistírsele, había comenzado a tener la esperanza de que él incluso la quisiera.

¡Qué ridículo! A ese hombre no le importaban un comino ni sus sentimientos ni su incomodidad. La cuerda alrededor de sus muñecas le había dejado la piel en carne viva y el trasero le dolía después de tantas horas en la silla de montar. Estaba hambrienta y hacía mucho tiempo que era urgente hacer sus necesidades. Pero cuando mencionó todas esas cosas, él ignoró sus ruegos. Y para empeorar la situación, con cada kilómetro que les acercaba a su destino, su ansiedad crecía.

Estaba muy preocupada de lo que pasaría cuando llegaran a Rannoch. Aunque no podía negar que le emocionaba hacer su gran revelación en el momento en que Kirk presentara a Elise como Katherine Killin. No podía esperar a ver el horror en sus ojos cuando se diera cuenta de que había deshonrado a la novia de su hermano, el Señor de Rannoch. Lo que le preocupaba era lo que vendría después.

Ante una traición de tales dimensiones su padre la lanzaría de lo más alto de una torre y, por lo que había escuchado acerca de la Bestia de Rannoch, sería afortunada si sólo recibía unos cuantos azotes. Si decidían no ejecutarla, ¿qué pasaría después? ¿Cuando se dieran cuenta de que ya no les era útil?

¿Qué harían? ¿Forzarla a volver por sus propios medios hasta Tummel? Eso no sería tan malo, pero era lo menos probable.

Lo más probable era que la forzaran a trabajar como dama de compañía en el castillo, como su padre había hecho con todas las mujeres que había secuestrado. Su padre y los hombres de éste usaban a esas mujeres para otras cosas, también. El pensamiento hizo a Kate estremecer. No le apetecía ser utilizada por un Rannoch tras otro. Pero el destino de Elise le preocupaba aún más; el que se encontrara en tal situación por su culpa la devastaba. Ella le había pedido que huyeran juntas y ahora compartirían el mismo sombrío destino. A menos que escaparan. Tenían que escapar: sus vidas dependían de ello. Así que decidió que lo intentarían de nuevo aquella noche, cuando los hombres durmieran.

Cuando se detuvieron para acampar, Kate llamó la atención de Elise con una mirada llena de significado. Su hermana asintió: había comprendido. Soportaron la miserable cena, aunque Brodie había atrapado un par de conejos, y entonces los hombres se dispusieron a preparar los lechos. Tuvieron que hacerlo solos, ya que se negaron a desatarlas. Cuando llegó la hora de acostarse, Kate se dio cuenta de que habían preparado un solo lecho, que habían cubierto con el odioso manto con los colores de Rannoch. Estaba cercano a un árbol, lo cual era inusual, pero la razón para ello quedó clara muy pronto.

Kirk y Brodie tomaron los lugares de las orillas, dejando a Kate y a Elise entre ellos, y los bastardos les ataron las manos a un árbol. A un maldito árbol. Kate fue incapaz de dormir. Temblaba de rabia y humillación. Su mente ardía de indignación. Se sentía abusada, y el que aquel trato viniera de él, del hombre al que se había aferrado, al que se había entregado, que había deseado tanto, sólo empeoraba las cosas.

Pero toda la rabia y ofensa se desvanecieron cuando, la tarde del día siguiente, vislumbraron la silueta del Castillo Rannoch a lo lejos. Era una fortaleza de piedra enclavada en un cerro con vista al Lago Rannoch. Tan frío y hostil como la bestia que ahí gobernaba.

Capítulo 13

KIRK SE ENDEREZÓ EN SU MONTURA al vislumbrar el Castillo Rannoch. Ah, qué bueno era volver a casa. Se detuvo por unos instantes para contemplar el paisaje y absorber los aromas que tanto amaba. El lago estaba hermoso aquel día, destellando con el beso del sol vespertino. La pequeña aldea rodeaba la orilla del lago y más allá, a la distancia, los desolados páramos de Rannoch rodeaban sus tierras.

Su mirada se dirigió al castillo y su pecho se hinchó de calidez. Su alegría se triplicó cuando escuchó el sonido de un cuerno dándoles la bienvenida: los habían divisado acercarse. Le sonrió a Brodie y su sonrisa era una de pura satisfacción. No sólo habían triunfado en su misión de traer a Katherine Killin como prometida de Ben, sino que Kirk había tomado a Ann para sí.

Ann sería suya, no permitiría que las cosas fueran de otro modo. Se quedaría con ella y le enseñaría a amarlo aunque le tomara toda la vida. Debió apretarla demasiado fuerte, porque en el instante en que aflojó su agarre, ella volvió a embestirle con el codo, aterrizando en su estómago. Se había vuelto más difícil a medida que se acercaban a su destino. Pero no le importaba: ya se había acostumbrado a los golpes y nunca serían suficientes para dejarla ir. Con ese pensamiento, espoleó a su caballo y galopó la corta distancia que les quedaba.

El patio de armas estaba lleno de actividad cuando llegaron, más que de costumbre. Había dos carruajes cubiertos de elegantes escudos y Kirk los observó con el ceño fruncido y, un segundo después, se quedó inmóvil, los había reconocido: eran del Conde de Tay, que mandaba sobre su hermano, y, el Duque de Glencoe. Ni Brodie ni él habían conocido jamás al duque que había ordenado la boda entre Ben y la hija de su enemigo. Bueno, todo indicaba que ahora lo conocerían.

Además de los carruajes, había prácticamente un ejército de hombres pululando por ahí y vistiendo los ropajes de las distintas castas, incluyendo algunas que Kirk no conocía. Si los aldeanos no les hubieran dado aquella alegre y musical bienvenida, Kirk habría creído que su castillo estaba siendo invadido.

Brodie y él caminaron entre la multitud, llegaron a los establos y desmontaron. Kirk miró a las mujeres, cuyos pies y manos seguían atados.

—¿Se van a comportar? —preguntó. Las mujeres intercambiaron miradas y gruñeron. Kirk suspiró—. Porque si no se piensan comportar, tendremos que cargarlas al hombro para llevarlas al castillo —explicó, y se enfocó en Katherine—. ¿Es así como quieres conocer a tu prometido?

Gracias a Dios, escuchar aquello hizo que recuperaran la cordura.

—Nos comportaremos —dijo Katherine con los labios apretados, aunque hizo poco más que escupir las palabras.

—Excelente.

Kirk llamó a Brodie y entre los dos desataron los pies de las mujeres y las ayudaron a bajar de las monturas. Sin embargo, sus manos permanecieron atadas, sobre todo porque Kirk no era tonto: reconocía el brillo de rebeldía en los ojos de Ann.

Mientras subían al castillo, Kirk tomó a Katherine del brazo. Habría preferido hacer su entrada con Ann a su lado, pero la misión era llevar a Katherine Killin. Su deber era entregarla personalmente a su hermano. Brodie iba detrás, del lado de Ann, y a juzgar por los gruñidos de su amigo, el codo de ella seguía agitándose.

El gran vestíbulo estaba lleno de gente, las mesas estaban atestadas de hombres uniformados. Los sirvientes iban y venían, rellenando vasos y recogiendo platos. Kirk dirigió la mirada a la mesa principal, al fondo de la cavernosa cámara. Su hermano Ben compartía la mesa con un grupo de terratenientes cuya posición se hacía evidente gracias a la elegancia de sus ropajes.

Reconoció la cabellera castaña clara de Paden Tremaine, el Conde de Tay, que era buen amigo de Ben y había venido a Rannoch en varias ocasiones. El hombre alto y de aspecto siniestro que vestía una túnica bordada debía ser Nicholas Lennox, el Duque de Glencoe. Demostraba tal autoridad, que un escalofrío recorrió la columna de Kirk. Un hombre mayor, vestido tan elegantemente como el duque, bebía con ellos. Era un extraño y Kirk asumió que se trataba de uno de los generales del duque.

Cuando Ben distinguió a Kirk entre la multitud, se puso de pie y le dijo algo a sus acompañantes. Todos voltearon a un tiempo. Kirk se dirigió al podio llevando a Katherine Killin del brazo sin demora. Mientras atravesaban el salón, el volumen de las voces bajó. Habría resultado escalofriante, pero Kirk estaba enfocado en solo una cosa: entregar a la nieta de Sabin para poder clamar a Ann como suya. Se detuvo frente a la mesa con una reverencia.

—Mi señor —le dijo a su hermano—, ¿me permite presentarle a Katherine Killin?

El Duque de Glencoe dio un paso adelante y recorrió a Katherine Killin con la mirada ensombrecida.

—¿Por qué está maniatada? —preguntó en un tono rígido y frío. Kirk se sintió desvanecer, pero se obligó a enderezar la columna.

—No quería venir a Rannoch, su Señoría.

La mueca del duque se convirtió en una de confusión.

—No entiendo —dijo—, yo fui quien le ordenó venir aquí.

—Cierto, su Señoría, pero ella intentó escapar de nosotros varias veces.

—¿Escapar? —exclamó el hombre mayor, indignado. Kirk miró al duque, que intentaba calmarlo dándole palmadas en el brazo.

—Las muchachas nos robaron los caballos —añadió Brodie, y Kirk lo miró, furioso. Ésa era la parte de la historia que no quería compartir. Y, claro, el salón se llenó de risas. Resultaba humillante.

—Y después de robarnos, fueron atacadas por una banda de ladrones —decidió agregar Kirk—, y nosotros las salvamos.

No entendió por qué Ann murmuró un "¡Ja!", indignada. Su narración de los hechos había sido indiscutible.

—Excelente trabajo —dijo Ben, lanzándole una sonrisa de aliento. Bajó del podio y se detuvo frente a Katherine para desatarle gentilmente las manos. Al notar las marcas rojas, le arqueó una ceja a Kirk y procedió a besar una y otra muñeca—. Siento mucho todos los inconvenientes, mi dama. Juro que, bajo mi cuidado, jamás volverás a ser dañada.

El calor le subió a Kirk por la nuca. Moría de ganas de golpear a su hermano. Aunque comprendía la necesidad de Ben de calmar a su nueva novia, los hechos estaban claros: las mujeres habían tenido que ser atadas de pies y manos. El hombre mayor se levantó y estudió a Katherine muy de cerca, casi rozándola con la nariz.

—¿Quién es esta chica? —preguntó, lo cual hizo que Kirk dudara de si estaba bien de la cabeza: la había presentado claramente.

—Katherine Killin —repitió lentamente, asumiendo por alguna razón que eso ayudaría. El hombre gruñó y negó con la cabeza.

—Ésta no es Katherine —declaró. Las palabras ya eran suficientemente terribles, eso sin contar el sonido de cien sillas arrastrándose y el ruido de las armaduras entrechocando cuando todos los presentes se levantaron. Kirk miró por sobre su hombro y confirmó que, en efecto, la mitad de los hombres del salón habían desenfundado.

Miró con pánico a Ben, que parecía igualmente asombrado. Entonces Kirk miró a Katherine, o a la mujer que decía ser Katherine, con los ojos entrecerrados. ¡Diablos! ¿Acaso los habían engañado para obtener su protección en los peligrosos caminos? O, peor, ¿les habían mentido para tener una mejor oportunidad de robarles los caballos? ¿Cómo sabía que ella era en realidad Katherine? ¿Había sido engañado? ¿Había pasado por todo aquello... para nada?

Y había algo peor... ¿ la verdadera Katherine Killin andaba allá afuera, en algún lugar? ¿Sola y aterrada, o peor? Una especie de fuego escaló de su nuca hacia su cuero cabelludo inundándolo de furia hacia ambas mujeres.

—¡Ella dijo que era Katherine! —exclamó. La mujer en cuestión abrió mucho los ojos, haciéndose la inocente, y parpadeó. Sus labios se torcieron en una arrogante sonrisa que le hizo hervir las entrañas. Ben carraspeó.

—¿Acaso Killin la presentó como Katherine? —preguntó, y sus sospechas estaban claras en el tono que había utilizado. Por más que le hubiera encantado que se culpase a Killin por haberle entregado a la muchacha equivocada, Kirk se apresuró a desmentirlo. Era difícil de aceptar, pero todo aquello era culpa suya.

—¡Nah! Killin nos dijo que había huido para escapar del casamiento...

—¿Qué dijiste? —interrumpió el Duque de Glencoe, al que por lo visto le costaba mucho imaginar que alguien se atreviera a desobedecerle.

—Nos encontramos con estas chicas en el bosque... —comenzó Kirk.

—De hecho, ellas se nos aparecieron a nosotros —corrigió Brodie—, para robarnos los caballos.

Kirk volvió a mirarlo con rabia. No estaba ayudando en nada.

El duque se adelantó y se dirigió al hombre mayor.

—¿Está usted seguro de que esta mujer no es su nieta, Señor de Tummel?

Kirk se quedó congelado y la boca le supo a bilis. ¡Oh, diablos! El hombre mayor era ni más ni menos que Calder Sabin, el Señor de Tummel, su vecino y enemigo mortal. Y el abuelo de Katherine. Kirk había traído a la muchacha equivocada. ¿Aquello podría ser peor? Sí, porque en ese momento escuchó una voz familiar y segura que venía de atrás.

—Ella no es Katherine Killin.

Kirk giró para ver a Ann, la expectativa le espesaba la sangre. Deseó que no dijera lo que estaba a punto de decir, pero no había manera de detener aquellas palabras.

—Yo soy Katherine Killin, la hija de Fiona.

Capítulo 14

TENER TODOS AQUELLOS OJOS sobre ella fue difícil, pero no era momento de echarse atrás. Ya había sufrido y sacrificado demasiado. Lo único que había querido siempre era reunirse con la familia de su madre. Éste era el día que había soñado por años. Atrapó la mirada de su abuelo. Aunque sus ojos parecían difusos y su expresión era de enojo, lo retó a que la reconociera. Y así fue. Mientras estudiaba sus rasgos, sus labios comenzaron a temblar y una lágrima resbaló por su mejilla.

—Fiona —susurró, y después la atrajo en un cálido abrazo. Éste era su abuelo, sangre de su sangre, alguien que la quería y aceptaba.

—Entonces, ¿esta es Katherine? —preguntó el Duque de Glencoe.

—Sí, sí —confirmó su abuelo, acariciándole la mejilla—, tiene la cara de Fiona —y volteó a ver a Kirk, que se había puesto verde de coraje, para gritarle—: ¡Desata a mi nieta de inmediato!

Fue divertido verlo apresurado por obedecer, inclinándose sobre ella para deshacer los nudos con los dedos temblorosos.

Cuando sus ojos se encontraron, no pudo evitar dedicarle una levísima sonrisa, que creció cuando él, que sin duda recorría la situación en su mente, hizo una mueca. Cuando las cuerdas cayeron al suelo, se miraron a los ojos por un instante. Los labios de Kirk se movieron como si quisiera decir algo. Quizás una disculpa. Se la debía, aunque ella no aceptaría. La había tratado de modo abominable, en especial los últimos dos días. Pero no se disculpó por su brusquedad. Se alejó, acomodándose el cabello con los dedos, con gesto de consternación.

Kate estuvo a punto de reír a carcajadas. Estaba segura de lo que él estaba pensando: había deshonrado a la novia de su hermano. Ahora tenía la opción de permanecer en silencio y observar cómo su hermano se casaba con una mujer impura, o admitir su crimen. A ella le importaba poco lo que eligiera, porque no tenía la menor intención de mantener la boca cerrada. No iba a casarse con Ben Rannoch. De hecho, ahora que se había reunido con su amoroso abuelo, podía volver a Tummel y vivir el resto de sus días ahí, libre de lazos maritales. Esos serían los beneficios de ser una mujer arruinada.

Había notado que Ben Rannoch miraba a su hermano con intensidad. Cuando su ardiente atención aterrizó en ella, su sonrisa se desvaneció, derretida por sus ojos. Era un hombre alto, fuerte y poderoso. Las cosas no irían bien cuando él supiera la verdad acerca de su virginidad perdida. Lo único que podía esperar era que la presencia de su abuelo la salvara de ser abofeteada frente a todo el mundo.

La Bestia de Rannoch le preguntó a su hermano.

—¿Estamos seguros, entonces de que esta es mi novia? —preguntó.

—Ajá —carraspeó Kirk.

—Mi dama —dijo el terrateniente, inclinándose sobre sus manos para rozarlas con los labios. Se incorporó y la tomó del brazo—. Debes tener hambre después de tu viaje.

—Ajá —replicó ella, forzando una sonrisa. Agitó las pestañas, no tanto para Ben sino para Kirk, que miraba con la mente ensombrecida—. Apenas nos alimentaron, ¿sabes? —e ignoró sus balbuceos de protesta.

—Vengan a la mesa, entonces. Y tu... amiga, también —dijo Ben, señalando a Elise.

—Es mi hermana —aclaró Kate—. Ven, Elise, estos hombres quieren alimentarnos.

Ben Rannoch la ubicó en medio de su abuelo y de él. Aunque la amenazante presencia de la Bestia le quitó el apetito, apreció la oportunidad de hablar con su abuelo, aunque no estaba inclinada a responder ninguna de sus preguntas. Lo más probable era que él no quisiera conocer las respuestas. ¿Cómo te trataba Killin? ¿Fue feliz mi hija Fiona? ¿Estás complacida con la alianza que negocié para ti? Ajá, sólo preguntas incómodas, y ella ofreció sólo respuestas vagas. Afortunadamente, a él no pareció molestarle.

Desde su lugar junto a Ben, Kate alcanzaba a ver a Kirk, que tomaba su lugar en el otro extremo de la mesa. La pobre Elise acabó sentada entre el Duque y el Conde, pero lidiaba con su incomodidad concentrada en su plato. A Elise nunca le habían gustado el pan de avena ni la carne seca, pero ahora parecía disfrutar todo lo que había en la mesa.

Cuando no estaba respondiendo brevemente a las preguntas de su abuelo, Katherine también permanecía en silencio e ignorando al Señor de Rannoch, a pesar de su atención constante. Sabía que tenía que confesarle la verdad y sabía que debía alimentarse y fortalecerse un poco antes. Pero entonces, durante un silencio en la conversación, se dirigió a ella.

—Katherine —dijo, con su imponente voz grave. Ella lo miró de reojo. Al contrario de lo que había escuchado acerca de la Bestia, tenía un rostro atractivo. Si tenía cuernos, ella no los alcanzaba a ver. Más allá de eso, sus ojos gentiles se parecían bastante a otros que ella ya conocía bien. Nunca habría esperado que La Bestia de Rannoch fuera tan... agradable. Se limpió los labios con su servilleta antes de preguntar:

—¿Sí, mi Señor?

Él se rio y ella parpadeó, asombrada por la transformación de su hermoso rostro al sonreír. Alrededor de sus ojos azules aparecieron pequeñas arrugas y hoyuelos en sus mejillas.

—Llámame Ben.

Oh, no, ¿estaba coqueteando con ella? Miró a Kirk de reojo y vio su sombría mirada y notó que su puño se abría y se cerraba sobre la mesa. ¿Estaría celoso? No había necesidad. Ben era atractivo, pero su hermano era mucho más cautivador. Devolvió su atención al rostro de su prometido.

—Ben, entonces.

—Ah, me gusta cómo suena en tu boca —dijo, y le guiñó un ojo. Después adoptó una actitud solemne—. Sé que ambos tenemos reservas respecto a esta unión, pero seremos felices juntos. Te lo prometo.

Era tan sincero y amable que ella no podía sino pensar que decía la verdad. Era una lástima que aquello no pudiera ser y que tuviera que romper sus ilusiones. Dejó su servilleta sobre la mesa con un suspiro. Se enderezó, preparándose para su reacción, para el estallido de rabia inminente.

—Señor de Rannoch, no puedo casarme con usted —enunció. Ben la miró con los ojos y la boca muy abiertos.

—¿Qué? —intervino su abuelo, que por lo visto había escuchado—, ¿qué quieres decir con que no te quieres casar con él?

Kate le dio una palmada a su abuelo en la mano y lo miró con una triste sonrisa.

—No dije que no quería. Dije que no podía —explicó, y se volvió hacia el Señor de Rannoch para confesarle en un murmullo—: He sido... deshonrada.

Por Dios. Nunca habría esperado que tal confesión provocara un tumulto de aquella magnitud. Tanto Ben como su abuelo se pusieron de pie, casi tumbando sus sillas, desenfundaron sus espadas y gritaron a coro:

—¿Quién es el bastardo? Es hombre muerto.

Fue impresionante. No sólo el grito de indignación de Ben, sino que fuera por ella. Ningún hombre había jurado venganza por ella. Ningún hombre había peleado por ella. Bueno, excepto uno. No había planeado que sus ojos se posaran en Kirk. De hecho, había intentado no mirarlo, con todas sus fuerzas. Pero había fracasado.

Ben siguió la mirada de Kate y su atención cayó sobre su hermano. Kirk Rannoch, a pesar de todas sus admirables cualidades, no era bueno para fingir. Cuando su hermano le clavó las furiosas pupilas, sus mejillas se tiñeron de rojo de inmediato. Sus labios se movieron, pero no pudo proferir ni una sola palabra. Quedaba claro, por su expresión, que era culpable...

—¿Kirk? —cuestionó Ben en un acongojado gruñido. Aunque estaba demasiado lejos para escucharlo, Kirk comprendió lo que estaba pasando: la expresión del abuelo de Kate debió delatar la situación. Se levantó de un salto y comenzó a retroceder, alejándose de la mesa con las manos levantadas. Calder Sabin, bastante ágil para su edad, atravesó el cuarto en cuestión de segundos y estampó a Kirk contra la pared de piedra para luego inmovilizarlo con un brazo sobre la garganta. El corazón de Kate dio un vuelco y su pulso se aceleró.

Sí, estaba furiosa con Kirk, pero no lo quería muerto, y su abuelo parecía estar a punto de asesinarlo. Kirk jadeó, intentando respirar. Sus ojos se abrieron mucho mientras aquel hombre, que le triplicaba la edad, lo asfixiaba. Kirk no tenía ningún arma y aunque la hubiera tenido, usarla en un terrateniente vecino, frente a todo su ejército, resultaría en una masacre. Kate supo que tendría que intervenir antes de que Kirk fuera masacrado o una guerra se desatara.

Corrió hasta su abuelo y le sujetó el brazo.

—¡No! —gruñó su abuelo—, morirá.

Un grito involuntario escapó de entre los labios de Kate.

—Escúchenme —dijo el duque detrás de ella. Todo el mundo lo ignoró.

—¡Por favor, abuelo! —lloriqueó Kate—, ¡él no sabía!

Su abuelo volteó a verla con el ceño fruncido.

—¿No sabía? —gruñó.

—Ajá.

—¿No sabía qué? —preguntó, y ella le jaló la manga hasta que liberó a Kirk, que cayó de rodillas, intentando tomar aire.

—No sabía que yo era Katherine. Le mentimos.

—¡¿Le mintieron?!

—Ajá —dijo Elise, poniéndose a su lado. Justo en ese momento Kate notó cómo le temblaban las rodillas. Tenía poco ver con el tumulto, que era extrañamente emocionante, sino porque Kirk había estado a punto de morir asfixiado. El sólo pensarlo la trastornaba.

—Intercambiamos identidades para que Kate estuviera a salvo —explicó Elise.

—¿Kate? —graznó Kirk desde el suelo. Ella asintió. Había mentido respecto a su nombre, y muchas más cosas. Desafortunadamente, su gemido le había recordado a Calder Sabin que Kirk seguía vivo. Se inclinó sobre él.

—¿Abusaste de mi nieta? —preguntó en un gutural gruñido. Kirk titubeó. Miró a Kate de reojo.

—No le llamaría abuso… —musitó. Aquella respuesta no complació a nadie. De hecho, el gruñido de Sabin se convirtió en un rugido.

—¿Te tomó en contra de tu voluntad?

¡Oh, no! Esa pregunta estaba dirigida a ella. Miró a su abuelo a los ojos, considerando sus opciones. Pero sólo había una, ¿o no? Si decía que Kirk la había tomado en contra de su voluntad, él sería horriblemente castigado, sin importar la posición de su hermano. Kate no podría vivir con eso. Y, sobre todo, ya no quería ser una mentirosa.

Antes de darse cuenta, estaba negando con la cabeza, admitiendo su papel en todo aquello.

—¡Nah! —dijo al fin. El salón se llenó de expresiones de asombro e incómodas risillas.

—Bueno, pues estamos ante un dilema —comentó el Conde de Tay, sonriéndole a Ben Rannoch involuntariamente—. Tu prometida ha sido deshonrada por tu propio hermano.

—Yo no sabía que era Katherine —insistió Kirk.

—Eso no cambia nada —declaró el duque, claramente descontento—. La unión entre los Rannochs y los Sabins ha sido arruinada.

—Malditos Rannochs —escupió Calder Sabin.

—No necesariamente.

Todas las cabezas voltearon en dirección del Conde de Tay, que sonrió con picardía.

—¿Qué quieres decir, Tremaine? —preguntó el duque.

—A mí me parece de lo más obvio —sonrió el conde, divertido.

—¿Qué? —insistió el duque, que no era un hombre muy perceptivo. O paciente.

—Tienes a un Sabin —y señaló a Kate— y tienes a un Rannoch —y señaló a Kirk—. Parece de lo más lógico: ya que estos dos, se... anticiparon a la boda, deberían tener una.

Al terminar, se columpió adelante y atrás sobre sus talones, muy complacido consigo mismo. Kate lo miró, estupefacta, mientras digería lo que aquello significaba. Miró a Kirk, que parecía igualmente asombrado. Pero después, cuando sus pupilas se encontraron con los ojos de él se entrecerraron ligeramente y sus labios se torcieron en una pequeña y casi imperceptible sonrisa. Era una expresión que había visto antes. En el rostro de Connor. La expresión de un hombre que al final había obtenido lo que quiso desde el principio. Y la enfureció.

Quizá debió dejarlo morir, después de todo.

Capítulo 15

ESTAR EN LA CAPILLA vistiendo su ropa de viaje resultaba surreal. La prisa había sido tal, que hasta le habían negado darse un baño antes de la ceremonia; al parecer el duque quería asegurarse de que Kirk no escapara de la trampa que se le había impuesto. Por supuesto, aunque nadie lo supiera, Kirk no tenía ni la intención ni el deseo de escapar. Aunque le habría encantado, eso sí, jurar su fidelidad con las uñas limpias.

Lo único que salvaba la situación era el hecho de que Katherine también estaba cubierta de polvo y, por supuesto, que aquella noche podría tenerla de nuevo. En su cama de matrimonio. Miró a Katherine de reojo y la distancia de su expresión lo dejó helado. Quizás esa noche no sería.

Afortunadamente, nadie además de Katherine, Kate, había objetado el casamiento. De hecho, todo el mundo parecía complacido con el arreglo. Kirk lo estaba, ciertamente, incluso a pesar de la necedad de Kate. Cuando se recuperó del asombro ante el hecho de que habría de casarse de inmediato, se dio cuenta de que es lo que había querido desde el instante en que la conoció. Más aun desde el instante en que la besó. Era una lástima que ella no sintiera lo mismo, pero no estaba preocupado: estaba seguro de que podría convencerla de que eran una pareja perfecta.

La miró de nuevo, evaluando su expresión. ¡Nah!, no había mejorado. Tendría que cortejarla de nuevo y eso podría tomar más de lo que esperaba. Pero era un hombre paciente. Kate se fue poniendo más y más pálida a medida que la realidad de la situación iba aterrizando en su mente, y eso le preocupó: ¿y si se negaba a casarse con él? Para cuando Cristóbal, el sacerdote comenzó su discurso, Kirk estaba enredado en un montón de emociones.

—¿Comenzamos?

Kate dejó escapar un sonido parecido a un gemido. Kirk habría dado cualquier cosa por acercarse, reconfortarla, hacer que todo estuviera bien. Pero no lo hizo. Seguro que ella le habría apartado la mano de un golpe y ¿qué tan humillante sería eso? ¿Ahí, frente a todo el mundo?

—Acabemos con esto de una vez, ¿de acuerdo? —apresuró el duque con impaciencia, sin molestarse siquiera en dejar de golpetear el suelo con su zapato. El cura se aclaró la garganta y asintió.

—Katherine Ann Killin, ¿aceptas a Kirk Rannoch como tu legítimo esposo ante la presencia de Dios y de estos testigos?, ¿prometes ser una esposa amorosa, fiel y leal, hasta que la muerte los separe?

Su silencio lo golpeó terriblemente. Se juró a sí mismo que miraría al frente, que no se quebraría, pero fue inevitable. Volteó a verla con sus azules ojos y la encontró mirándolo, con los ojos muy abiertos y los labios húmedos.

—Katherine —susurró. Había querido ser reconfortante. Quería convencerla de que sería un buen esposo, que la querría y cuidaría de ella. Sospechó que Kate no había recibido su mensaje. Sus labios se torcieron y giró hacia el cura, que arqueó una ceja, a la espera de su respuesta.

—Ajá —musitó ella al fin, y a pesar del mínimo volumen de su promesa, el alivio inundó a Kirk como un cálido manantial. Entonces el cura se volvió hacia él.

—Y tú, Kirk Rannoch, ¿tomas a Katherine Ann Killin como esposa, ante la presencia de Dios y de estos testigos? ¿Prometes ser un esposo amoroso, fiel y leal, hasta que la muerte los separe?

—Lo prometo —enunció, con voz clara y calmada, y mirándola fijamente. Pero ella se negaba a mirarlo.

—Ahora los declaro marido y mujer —dijo el cura—, puedes besar a la novia.

Kirk inhaló profundamente y se inclinó hacia Kate. Ella lo miró de reojo.

—Vamos, vamos. Procedan —gruñó el duque. Y cuando Kate volteó a verlo, Kirk tuvo otra oportunidad. Posó la palma de su mano en la mejilla de su novia y la besó suavemente. Era glorioso tocarla y besarla de nuevo. Hasta que ella lo mordió. Bueno, fue más un mordisquito que una mordida, aunque la intención era clara. Retrocedió sin dejar de mirarla, contemplando su actitud desafiante. ¡Ah, cómo adoraba su carácter provocador! Por su parte, intentó adoptar una actitud severa y murmuró, intentando bromear:

—Me las vas a pagar, querida.

El horror en el rostro de ella lo tomó por sorpresa. Seguía

intentando comprenderlo cuando el cura alzó las manos y exclamó:

—Lo que Dios ha unido, que no lo separe el hombre.

—Que Dios nos ampare a todos —agregó Paden Tremaine.

* * *

"Me las vas a pagar, querida". Por Dios, no llevaban ni un minuto casados y él ya la había amenazado. Si alguna vez había necesitado evidencia de que Kirk era como cualquier otro hombre, ahí estaba.

Irónicamente, su amenaza, más que asustarla, la había decepcionado. Una parte suya había tenido la esperanza de que, al final, podría tener un matrimonio feliz con este hombre. Y ahora esa esperanza se desvanecía. De cualquier forma, su comentario le contrajo las entrañas. Era mucho más grande que ella y, como su esposo, tenía el derecho de golpearla, si quería. Nadie en el mundo, ni siquiera su abuelo, le habría disputado eso.

El problema era que Kate nunca había sido obediente, ciertamente no cuando se enfrentaba a un tirano, y no tenía la intención de comenzar ahora. Mientras caminaba junto a Kirk de la capilla hacia la sala donde se serviría el banquete de celebración que Ben había ordenado, intentó desenlazar los dedos de los de él. Pero él sólo apretó con más fuerza.

Por fortuna, en el momento justo en que iban a entrar al comedor, fue apartada por una mujer joven de rasgos familiares y amplia sonrisa. Tenía una melena de oscuros rizos, como los de Ben Rannoch, y hoyuelos en las mejillas semejantes a los de Kirk. Aunque éste no quería soltarla, acabo cediendo ante la insistencia de aquella chica.

—Soy Heather, tu nueva hermana —dijo, tomando a Kate del brazo y llevándola lejos del círculo de hombres que esperaba—. Bienvenida a la familia.

—Gracias.

—Increíble. Los hombres son tan inconscientes —dijo. Sí lo eran—. No puedo creer que te obligaran a ir a tu propia boda sin dejarte siquiera cambiarte de ropa. ¿Qué diablos estaban pensando?

—Seguramente pensaban que trataría de escapar —dijo Kate.

—No te culpo. Mira que casarte con Kirk Rannoch —comentó con una risa traviesa, y exageró un escalofrío. Kate se estremeció y tragó saliva. Su corazón se encogió.

—¿De verdad es tan malo?

—¡Terrible!

Por todos los cielos. Kate intentó controlar su expresión de miedo. Si su propia hermana dice...

—Te juro que cuando ronca, todo el castillo tiembla.

—¿Qué? —preguntó Kate, totalmente desconcertada.

—Y que Dios nos ayude cuando tiene gases...

—¡Heather! —intervino Kirk detrás de ella. Kate pegó un saltó al darse cuenta de que él había escuchado aquello. Dios, estaría furioso. Se volvió lentamente para analizar su expresión. Parecía descontento, como había esperado, pero su enojo estaba dirigido a su hermana. Increíblemente, ella soltó una carcajada al verlo tan furioso.

—A ver, Kirk, niégalo —retó.

—Por favor, no aterrorices a mi novia con ese tipo de historias.

La mandíbula de Kate estuvo a punto de caer al suelo al escuchar su tono y mirar la curva de sus labios. Estaba... ¿bromeando? Connor la habría azotado si se hubiera atrevido a criticarlo. Observó en atónito silencio mientras los hermanos bromeaban y Heather le compartía más y más graciosas confidencias acerca de su nuevo esposo. Pero por más que buscó, no encontró ni rastro de furia verdadera en la expresión de él. Aunque quizás estaba mostrando lo que ella deseaba ver. Quizá fuera el tipo de hombre que fingía ser agradable en público y guardaba su brusquedad para los momentos íntimos.

Kate miró a Elise, que atestiguaba la escena con el mismo asombro que ella. Nunca habían visto algo así en la Fortaleza Killin y ninguna de las dos sabía cómo reaccionar. El Conde de Tay y Ben Rannoch se unieron a la caminata y el conde rio al escuchar la anécdota que Heather contaba de cuando Kirk cayó del lomo de su caballo justo en un panal de abejas. La imagen de Kirk corriendo hacia el lago y agitando los brazos para espantar a las abejas tenía a todos riendo a carcajadas.

Pero Kate no podía reír. La experiencia no sonaba muy agradable que digamos. Además, estaba muy ocupada estudiando cada mínimo cambio en la expresión de Kirk.

—¡Vamos Heather! —dijo—, quieres humillarme ante los ojos de mi esposa.

Kate se quedó paralizada. Era la primera vez que él utilizaba la palabra "esposa". Le tomaría algo de tiempo acostumbrarse al apelativo, y todavía más tiempo pensar en él como su esposo.

—¿Prefieres que le cuente de la vez que escalaste un árbol para salvar a mi gatito?

Kirk enrojeció. Quizás era una señal de furia. Pero esbozó una sonrisa. Heather atrajo a Kate y le susurró al oído:

—Luego fue él quien necesitó ayuda para bajar.

—¡Gracias al cielo que no conoce usted ninguno de mis secretos, Lady Heather! —rio el Conde de Tay.

—Si los conociera, me encantaría compartirlos —rio Heather.

—Ajá, ése sería mi miedo —bromeó el conde. Kate notó que el conde veía con interés a Heather. Y también notó que Heather correspondía. Su cuñada le dio la espalda al conde abruptamente y le sonrió a Kate.

—¿Qué opinas de un buen baño, Katherine? —preguntó.

—Por favor, llámame Kate. Y me encantaría.

—Por supuesto —Heather miró exasperada a su hermano—, los hombres son tan desconsiderados.

Kirk se erizó.

—Yo no soy desconsiderado. Ya había planeado un baño. Esta noche.

Los ojos de él se clavaron en los de Kate y ella se estremeció. No supo qué había en aquella mirada tan intensa, pero no era desconsideración.

—Ni hablar. Necesita un baño ahora mismo. ¿A qué mujer se le exigiría ir al banquete de su boda con la ropa de viaje?

—Ésta es la única ropa que tengo —dijo Kate con una mueca.

—Somos casi de la misma talla —replicó Heather—. Ven conmigo, yo me ocuparé de todo.

—Pero, ¿y el banquete? —se quejó Ben. Heather lo miró, irritada.

—Serás el Señor de Rannoch, pero no tienes una varita mágica. Como mujer, te puedo decir que los banquetes toman tiempo. Ustedes vayan y concéntrense en su whisky. Nosotras bajaremos cuando estemos listas.

Kate miró a Heather con la boca abierta. Una cosa era bromear con un hermano menor, pero ¿agredir verbalmente al Señor en persona? Estaba segura de que eso tendría alguna consecuencia. Pero Kirk y Ben simplemente intercambiaron miradas resignadas y asintieron, después de lo cual Heather se llevó a Kate y Elise escaleras arriba, hacia una linda habitación privada en la que un humeante baño las esperaba y no había hombres alrededor. Sí que era linda.

Capítulo 16

HEATHER TENÍA RAZÓN: a los sirvientes les tomó un buen rato preparar la comida, pero a la novia de Kirk le tomó aún más volver al salón. Kirk apenas podía contener su impaciencia.

—Relájate, hermanito —le dijo Ben, con una palmada en el hombro—, tu noche de bodas llegará tarde o temprano.

—Eso no es en lo que estoy pensando.

—Pues yo no te habría culpado —y tomó un trago de whisky—, es una mujer hermosa. ¿Qué hombre no estaría pensando en acostarse con ella? —Kirk gruñó y Ben continuó—. ¿Te preocupa que intente escapar? Dudo mucho que lo intente. No ahora. Ahora es tu mujer.

Pero técnicamente, no lo era... hasta que la boda fuera consumada. Y eso era lo que le preocupaba a Kirk.

—No creo que escape —aseguró Kirk, y un segundo después miró a su hermano un poco preocupado— ¿verdad que no?

—¡Nah! He visto cómo te mira —dijo Ben con una carcajada.

—¿A mí?

—Ajá.

—¿Quieres decir cómo me fulmina con la mirada? —preguntó Kirk. Su hermano volvió a reír.

—La verdad es que no pareces desagradarle. Además, te salvó la vida.

—Bueno, eso prueba que no es una mentirosa.

—Es un buen principio —dijo Ben, encogiéndose de hombros—, aunque bueno, es una Killin.

—Kate no es como ellos —defendió Kirk.

—¿Ah, no?

—¡Nah! —declaró, y su hermano, al ver que apretaba los puños y fruncía el ceño, soltó otra carcajada.

—Te creo, hermano. Por favor, no me muelas a golpes.

—No tengo ninguna intención de hacerlo —gruñó Kirk, aunque era mentira. Golpearlo era bastante tentador, y no sólo porque hubiera mencionado la belleza de Kate. La tensión lo estaba consumiendo. No podía dejar de pensar en el futuro, y la perspectiva de la noche de bodas mezclada con los recuerdos de sus pasados encuentros lo tenía trastornado de emoción y miedo a la vez.

Para encontrar la paz, Kate y él tenían mucho que superar. Los dos habían cometido errores en su corta relación y él tenía esperanzas de que, juntos, podrían dejarlos atrás. Pero no sabía cómo se sentía ella, y no podía preguntárselo hasta que estuvieran solos. Miró a su alrededor, al salón rebosante de gente, y refunfuñó para sí. La privacidad quedaba muy lejos.

El griterío del salón se convirtió súbitamente en un murmullo y Kirk siguió la mirada de los asistentes hacia la cumbre de las escaleras. Se quedó sin aliento. Kate, ataviada con un delicado vestido y con una apariencia angelical, bajaba las escaleras. Nadie podía dejar de mirarla. Se veía hermosa con su vestido sencillo y su cabello suelto, pero ahora resultaba impresionante.

—¡Diablos! —murmuró Ben—, y pensar que yo quería evitar este matrimonio.

Kirk no pudo evitarlo y le dio un codazo. Fue una reacción puramente instintiva, y nada menos que lo que el bastardo merecía.

* * *

Kate se alegró de haber comido algo horas atrás, pues no pudo probar bocado durante su banquete de bodas. Resultaba extraño que todo el mundo estuviera en ánimo de celebrar... menos la novia. Bueno, eso no era totalmente cierto: Elise tenía la misma expresión de duelo, pues comprendía la ansiedad de su hermana. Había estado tan afligida durante el baño de Kate, que Heather había comenzado a bromear con ella, diciéndole que Kate se dirigía a un banquete de bodas, no a un funeral.

¡Qué poco sabía Heather! Quedaba claro que sus hermanos la habían criado sin ningún conocimiento de la verdadera naturaleza de los hombres. De hecho, la mujer seguía insistiendo en que sus hermanos eran amables, considerados y gentiles, y lo aseguraba con una ingenuidad que a Kate le resultaba tierna.

Era mejor saber lo que te esperaba y no bajar la guardia, que tener que enfrentarte a una pesadilla sin estar preparada. Y

Kate quería estar preparada. Mientras la cena avanzaba, se imaginó varios posibles escenarios. En algunos, Kirk era seductor y gentil al principio, y la castigaba por haberlo retado después. En otros, comenzaba golpeándola sin mayor advertencia. Así era como Connor lo habría manejado. Prefería mostrarse tal y como era desde el principio. Las dos opciones la horrorizaban.

Después de pensarlo mucho, Kate decidió que el único escenario con el que podría vivir era alguno en el que ella pudiera tomar el control de su propio destino. El plan que se formó en su cabeza distaba de ser ideal, pero tenía que trabajar con lo que tenía a la mano. Así que, cuando todos estaban atentos al brindis del duque, tomó un cuchillo y lo ocultó en su media. Pobre de Kirk Rannoch si intentaba golpearla. Lo destriparía como a un pez.

* * *

El banquete fue incómodo y no sólo porque su novia estuvo a su lado inmóvil como una estatua, sin jamás dirigirle la palabra. No comió ni bebió nada y la expresión en su rostro era la más amarga que hubiera visto. Aunque Kirk deseaba levantarla en sus brazos y llevarla hasta sus aposentos, que habían sido preparados para su noche de bodas, estaba muy nervioso.

Parecía que había transcurrido una vida entera desde que la pequeña Ann y él habían hecho el amor en aquella caverna. Ahora, había una enorme distancia entre los dos, y no sabía cómo acercarse a ella. Cuando al terminar la cena las mujeres la escoltaron escaleras arriba para prepararla, ni siquiera lo había mirado. Mientras se alejaba, parecía Juana de Arco siendo arrastrada hacia la pira funeraria, y no podía comprender por qué. Sí, resentía que la obligaran a casarse, eso podía entenderlo. Pero ahora estaba hecho: eran marido y mujer. Se habían disfrutado antes, ¿por qué eso había cambiado?

Momentos más tarde, ignoró los vítores cuando se puso de pie para dirigirse a sus aposentos, donde Kate lo esperaba. Sus pasos se volvieron más y más lentos a medida que se acercaba a la puerta. Inhaló profundamente y la abrió. Su mirada aterrizó en Kate, que estaba de pie junto a la chimenea, mirando el fuego. Su pulso se aceleró. El hermoso cuerpo de ella se dibujaba a través de las llamas. ¡Demonios, qué hermosa era! Cómo deseaba tocarla.

Dio un paso hacia ella y tropezó con algo en el suelo. Echó un vistazo con el ceño fruncido y al darse cuenta de qué era lo que se había atorado en su zapato, el enojo le subió de los pies a la cabeza. Miró fijamente a su esposa, que lo había escuchado maldecir y había volteado a verlo.

—¿Qué es esto? —gruñó, señalando las sábanas amontonadas junto a la puerta. Ella levantó la barbilla.

—Me parece que es muy obvio —replicó.

—Pues no lo es —dijo él.

—Es un lecho.

—Sé lo que es, pero no entiendo qué hace en nuestro cuarto.

—Aquí voy a dormir —dijo Kate.

—Ciertamente no vas a dormir en el suelo —gruñó él, sintiendo que la furia lo sacudía.

—Sí lo haré.

—Entonces yo dormiré en el suelo junto a ti —declaró

Kirk. Ella parpadeó, como si fuera una posibilidad que no hubiera considerado.

—No quiero dormir contigo —dijo, y tragó saliva.

—¡Eres mi esposa! —exclamó él. La mirada de ella se desvió hacia los puños cerrados de él y sus labios se tensaron. Dio un paso hacia él, alzó la barbilla y lo miró fijamente, como si estuviera retándolo a hacer... algo.

—Kate...

—Adelante —dijo, enderezando la columna—, hazlo.

—¿Que haga qué cosa? —preguntó Kirk, confundido.

—Pégame.

Algo desagradable le recorrió las entrañas al escuchar la seguridad con la que ella emitía aquella orden.

—¿Que te pegue?

—Sí, acabemos con esto de una vez —dijo Kate, y su voz se quebró ligeramente en la última palabra. Kirk odiaba la expresión en su rostro. De desolación y certidumbre. De miedo y valentía mezcladas con resignación. Él negó con la cabeza.

—No golpeo mujeres —gruñó él, profundamente indignado. Y lo único que no hubiera esperado ante su furiosa negativa era que ella se riera. Aunque no era una risa de humor. Había un sollozo oculto en ella.

—Ann...

—No soy Ann.

—Kate... —enunció, tratando de suavizar su voz, lo cual era un verdadero reto, dado lo molesto que estaba—. ¿Qué de lo que he dicho o hecho te ha llevado a pensar que quiero golpearte?

—Me amenazaste —aseguró ella.

—¿Qué? —él parpadeó, incrédulo.

—"Me las vas a pagar, querida". Eso fue lo que dijiste.

—¿Cuándo dije eso? —preguntó él, y su pregunta pareció enfurecerla.

—¡Fue lo primero que me dijiste después de que nos declararan marido y mujer! —exclamó Kate—, ¿ahora no lo recuerdas?

—¿Por qué tendría que recordarlo? ¡Estaba bromeando!

—¿Bromeando? —repitió ella sollozando—, ¿por qué no te creo?

—¡No tengo idea! —exclamó él, y tampoco tenía idea de por qué su rabia estaba aumentando. No quería estar enojado con ella. Era como si lo estuviera... provocando. Como si de alguna manera quisiera incitarlo a la violencia. No tenía ningún sentido. Decidió intentar un acercamiento distinto—. Kate, ¿y si nos sentamos junto al fuego? Tomemos un poco de vino y hablemos de esto.

—Por favor —dijo ella con la voz entrecortada—, deja de fingir.

La miró, estupefacto. El calor le hizo hervir la sangre.

—¿Fingir qué?

—Que eres civilizado —dijo ella. Él retrocedió, atónito. Su estómago se encogió y sus fosas nasales se abrieron mucho.

—¡Soy perfectamente civilizado! —gritó. Y entonces algo casi imperceptible flotó por las facciones de ella. Y le pareció que era satisfacción. Aunque no tenía ni idea de porqué le daría satisfacción hacerlo estallar. Fuera como fuera, tenía que irse. Estaba demasiado furioso como para quedarse. No era la clase de hombre que ella deseaba que fuera, y no se quedaría ahí a que lo acosara.

Resultaba terrible de admitir, pero tras apenas cinco minutos con su esposa, necesitaba escapar. Inundado de frustración y sintiéndose completamente impotente, dio la vuelta y salió del cuarto, azotando la puerta. Al notar cómo el impacto hacía temblar las paredes, se estremeció.

Capítulo 17

KATE ESTABA SENTADA FRENTE AL FUEGO, esperando nerviosamente a que Kirk volviera. Estaba tan furioso, que no le cabía duda de que al regresar la golpearía. Había estado mal provocarlo así, pues ciertamente no quería recibir un golpe, pero una parte suya sabía que no podría estar tranquila hasta que sus sospechas se confirmaran. Y sí, se daba cuenta de lo irónico que resultaba su conflicto interno. Esperar que Kirk fuera distinto a su hermano Connor era una tontería, pero ignorar la posibilidad resultaría más tonto todavía.

La puerta se abrió súbitamente y Kirk entró. Para su horror, llevaba en la mano una fusta. Se quedó congelada, mirando su avance como un conejillo acorralado. No dijo nada mientras caminaba hacia ella, se sentaba en la silla frente a la suya, y acomodaba el látigo en su regazo. Después suspiró y se frotó la cara con las manos. ¿Qué le iba a hacer? ¿Podría ella soportarlo?

El sudor comenzó a perlar su frente. Su pulso se aceleró. Se encogió en su silla esperando lo que vendría, mientras aferraba el cuchillo que había robado en su sudoroso puño. No quería lastimarlo, pero lo haría para protegerse. Irónicamente, a la luz del fuego, el rostro de él era hermoso. Las llamas destacaban los brillos dorados en sus pestañas y su cabello, haciéndolo parecer un ángel caído. Pensó en la noche que habían pasado juntos en la caverna. Pensó en su dulce tacto y en el éxtasis que le había brindado.

—Kate —comenzó él en tono engañosamente dulce. Ella no respondió, sólo le echó un tímido vistazo—. Siento mucho haber perdido los estribos.

¿Perdido los estribos? Kate parpadeó. Había gritado. Había apretado los puños. Había azotado la puerta. Ése era su hermano Connor de buen humor.

—No debí gritarte —dijo, y buscó sus ojos—, ¿me perdonas?

Por Dios, ¿cómo podía una mujer responder a una pregunta así viniendo de un hombre? Era una trampa. Kate guardó silencio. Kirk carraspeó.

—Estoy listo para aceptar mi penitencia —dijo, y Kate se echó hacia atrás en su silla con los ojos como platos.

—¿Qué?

—Ya me oíste —dijo, y su sonrisa era de arrepentimiento—. Ahora estamos casados, y si hago algo mal, espero que me castigues —declaró, tendiéndole el látigo—. Azótame, si eres tan amable.

—¿Qué? Yo...

—Ajá —interrumpió él tartamudeando, y suspirando pesadamente—, eso es lo que hacen los esposos, ¿no? ¿Golpearse con regularidad? Recuerda que yo nunca había estado casado, así que todo esto es nuevo para mí.

Y por alguna razón, sonrió, y aquellos hoyuelos aparecieron en sus mejillas, embelleciéndolo aún más.

—¡No voy a azotarte! —gritó ella, lanzando el látigo al suelo. Kirk lo miró por un instante.

—Bueno —dijo—, pues me alegra escucharlo. La verdad es que esa parte del matrimonio no me entusiasmaba mucho —e inclinándose hacia ella, tan cerca que podía probar su aliento, susurró—: ¿te parece si acordamos que no habrá golpes en este matrimonio?

Su expresión parecía tan sincera, tan cruda, que ella creyó que era auténtico.

—Ajá —dijo ella en un murmullo —nada de golpes.

—Si diferimos en algo, sugiero que lo discutamos con calma hasta resolverlo —dijo él. Ella tragó saliva.

—Y... ¿y si no podemos resolverlo? —lloriqueó.

—Sugiero que nos quedemos en nuestra recámara hasta que lo logremos.

—En nuestra... —y parpadeó—, ¿nuestra recámara?

La manera en que él la miró entonces, encendió una llama en su interior. Una que no esperaba volver a sentir.

—Ajá. Según recuerdo, nos llevábamos bastante bien —dijo, y se aventuró a tomarle la mano. Ella no se alejó. Entonces comenzó a trazar figuras en su palma—. Recuerdo una noche de lluvia, sobre un duro suelo de roca... ¿lo recuerdas?

Aturdida por su suave tono y las caricias de sus dedos, asintió.

—¿Te imaginas lo increíble que sería hacerlo en una cama de verdad? —dijo, mirando la enorme cama del otro lado de la recámara con nostalgia. Parecía realmente cómoda—. Pero si estás más a gusto con las sábanas extendidas en el suelo, no tengo problema. De cualquier forma... —y esperó a que ella lo mirara— sin importar dónde hagamos el amor esta noche, porque lo haremos, debo insistir en que tú tomes la iniciativa.

Ella lo miró, boquiabierta.

—¿A qué te refieres? —carraspeó.

—¿Te muestro?

Entre su absoluta confusión y desconcierto, logró asentir. Kirk se puso de pie y llegó hasta la cama. Se quitó toda la ropa, lo cual ya era suficiente para dejar asombrado a cualquiera, y después se tumbó en la cama con los brazos y las piernas abiertos.

—Soy todo tuyo. Haz lo que quieras conmigo —dijo, y tras guiñarle el ojo, añadió—: esposa.

Capítulo 18

DEBÍA ESTAR LOCO. TOTALMENTE desnudo e indefenso frente a su esposa y posible enemiga, pero a Kirk no le importaba. Tenía que arriesgarse, animarla a que confiara en él, o ese matrimonio fracasaría. Y él de verdad quería que funcionara. Contuvo el aliento mientras miraba a Kate acercarse, estudiándolo como un ciervo estudia a la distancia a un lobo.

Cuando llegó junto a la cama, dejó algo sobre la mesa. No debió sorprenderse al darse cuenta de que era un cuchillo.

—¿Planeabas acuchillarme? —preguntó en el tono más amable que pudo, considerando que su esposa había llevado una daga a su cama de bodas. Le dolía saber que ella seguramente lo había necesitado cuando vivía en la Fortaleza Killin.

—Lo consideré —confesó ella. Sus labios se torcieron semejando algo cercano a una sonrisa, cosa que a Kirk le hizo sentir extremadamente satisfecho... y aliviado. Que estuviera aproximándose a la cama era maravilloso. Pero entonces se detuvo. Y se encogió de hombros.

—¿Y ahora qué hago? —preguntó.

—Podrías quitarte la ropa.

Una sugerencia lógica.

—¿Te abalanzarás sobre mí cuando lo haga?

Una pregunta lógica.

—Te juro que no me moveré de aquí a menos que tú me lo pidas.

Una oferta altamente ilógica. Pero se le escapó antes de detenerse a considerar las consecuencias. Ajá, era un tonto, pero sus tácticas la estaban relajando.

—¿Lo prometes?

—Lo prometo —dijo. Y que Dios lo ayudara. Tenerla tan cerca y además desnuda, lo volvería completamente loco, pero cumpliría su promesa. La primera de su matrimonio. Lo haría. Aunque muriera en el intento. Y podría suceder.

Ella se inclinó y tomó el borde del vestido. Se lo quitó. Después se quitó la camisa interior y después... Bueno, después él se concentró en mirar que Kate era perfecta. Sus hermosos pechos estaban erguidos y la línea de su cintura era una delicada cascada. Sus caderas eran deliciosas y aquel nudo de rizos en la unión de sus muslos le nublaba la visión. Ésta era la primera vez que la contemplaba con una luz decente. Era aún más impactante de lo que se había imaginado. Y era suya. Kirk tragó saliva y luego gimió. ¿Por qué había hecho aquella promesa?

Ella se acercó más, envalentonada al ver cómo él aferraba las mantas con los puños crispados. Su mirada lo recorrió de pies a cabeza. Su miembro, que ya estaba dispuesto, capturó su atención. Era fascinante. Y entonces él comprendió el verdadero tormento que le esperaba: había prometido no moverse a menos que ella se lo pidiera, pero no había tomado en cuenta su curiosidad.

Kate se inclinó para analizar su erección y después, que Dios lo ayudara, lo tocó. Fue un recorrido penosísimo, sólo con la punta de su dedo desde la base hasta la punta de su lanza, pasando por la vena pulsante. Gimió, un quejido profundo que venía del fondo de su garganta, mientras ella lo miraba con curiosidad.

—¿Duele? —preguntó. Kirk estuvo a punto de sonreír. ¿Cómo se podía responder a esa pregunta?

—Es... insoportable... mente... glorioso.

Kate inclinó la cabeza a un lado y arqueó una ceja.

—Eso no tiene ningún sentido —opinó.

—Sí que lo tiene. Créeme —respondió él.

—¿Te gusta cuando hago... esto? —preguntó, mientras lo empuñaba. Kirk se sacudió.

—¿Y esto? —quiso saber entonces, mientras le daba una suave caricia. Los ojos de él se pusieron en blanco.

—Ajá.

—¿Kirk?

Abrir los ojos y enfocarse en lo que ella decía le costó todo el trabajo del mundo.

—¿Sí?

—¿Por qué está mojado? —preguntó. ¡Por Dios! Tocó la punta con las yemas de sus dedos y después, para su más absoluto asombro, se lamió el dedo para probarlo. Estuvo a punto de perder el control en ese instante.

—Kate, me estás matando —jadeó.

—¿Tan mal lo estoy haciendo? —preguntó, mientras retrocedía con expresión afligida.

—Kate... —gimió, y olvidando su promesa, se incorporó,

pero ella dio otro paso atrás y entonces él se dejó caer para asumir la posición que había prometido—. Todo lo contrario. Cuando me tocas, mi cuerpo quiere más.

—¿De verdad?

—Ajá —resopló, dejando caer un brazo sobre sus ojos. ¿Qué había hecho para enfurecer a Dios y merecer aquel tormento?

—¿Estás bien, Kirk? —preguntó Kate inocentemente. La cama se hundió cuando ella tomo asiento junto a él. Su corazón latía a toda velocidad.

—Ajá —musitó.

—¿Por qué parece que estás sufriendo?

Kirk levantó el brazo y la miró.

—Estoy esforzándome mucho por cumplir mi promesa. De dejarte hacer conmigo lo que quieras. Es más difícil de lo que esperaba.

—¿Por qué?

—Porque quiero poseerte. Locamente, salvajemente, apasionadamente.

La risa de ella recorrió toda la recámara, haciendo eco en las paredes.

—¡Nah! ¿Por qué es tan importante cumplir tu promesa? ¿Acaso no lo sabía? ¿No podía verlo?

—Tú crees que todos los hombres son como los que conociste en la Fortaleza Killin, pero estás equivocada. Yo no soy como ellos. Nunca lo seré. Los desprecio y aborrezco la manera en que tratan a las mujeres. Me importas, Kate. Quiero que seas feliz en este matrimonio. Quiero que confíes en mí y estoy dispuesto a hacer lo que sea para lograrlo.

Kate se tomó un buen rato para digerir aquello, pero Kirk no la apresuró. Ella podía aceptar lo que le decía o negarse a creerle. Se trataba de un momento decisivo para su relación y podría definir el tono que tendría su futuro. Así que contuvo el aliento y apretó los dientes, preguntándose si ella se daba cuenta de que, mientras ponderaba sus palabras, había posado su mano sobre él de nuevo. Y esperó.

La recompensa por su paciencia fue gloriosa. Su sonrisa. Una sonrisa sin reservas... y con un toque travieso.

—Así que te quedarás inmóvil mientras yo hago lo que quiero contigo.

—Ajá.

—¿Lo juras?

—Lo ju... —comenzó, pero no pudo continuar porque en ese momento su querida novia saltó a la cama y se colocó sobre él, empuñando su miembro decididamente mientras él miraba boquiabierto.

—He estado pensando en esto —comentó ella, y por suerte no era una pregunta, porque él habría sido incapaz de responder. Su mente se apagó y su cuerpo se dejó ir cuando ella se acomodó y fue bajando sobre él, centímetro a centímetro. ¡Cielos!, era impresionante. No sólo el contacto de sus apretados muslos a su alrededor. No era la típica dicha de cualquier hombre penetrando deliciosamente a cualquier mujer. Era ella. Kate. Y ella era suya...

—No te muevas —ordenó en tono bromista. Y después, bendita sea, procedió a cabalgarlo. Y Kirk se dio cuenta de que la verdadera tortura de su situación apenas comenzaba.

* * *

Kate no tenía ni idea de lo que estaba haciendo y tenía plena conciencia de ello, pero incluso con su inexperiencia, bajar y subir sobre aquel miembro erguido se sentía increíble. Casi tan bien como cuando Kirk había estado sobre ella, moviéndose en su cuerpo como un demente. Le encantaba poder controlar el ritmo. Le encantaba la sensación de su pecho bajo las palmas de sus manos. Y amaba sus gemidos y quejidos. Le encantaba explorarlo, probar diferentes cosas, moverse en círculos, inclinarse sobre él... pero también resultaba un poco frustrante.

Con sus movimientos podía acercarse a la cumbre, pero no a las alturas que había encontrado en las otras ocasiones con él. Y podía darse cuenta de que era frustrante también para él. La tensión en los músculos de su cuello y la manera en que se aferraba a las cobijas lo delataban. Pero nunca se quebró. Nunca rompió su promesa. Ella no estaba segura de porqué aquello la incomodaba... ¿Podía ser porque, si en verdad la deseaba tanto, sería incapaz de controlarse? El hecho era que ella necesitaba algo, y no lograba obtenerlo sin su ayuda. Si él se negaba a romper su promesa, ella tendría que darle permiso. Lo haría por ambos.

—Te libero —jadeó. Él no pareció escuchar, así que volvió a repetirlo, casi en un grito—. ¡Te libero!

—¿Qué?

Lo miró haciendo una mueca. La frustración y la necesidad la inundaban por dentro.

—Te libero de esa estúpida promesa.

—Pero...

—¡Maldita sea! —gritó— ¡ya sabes lo que necesito!

—Ajá, lo sé —gimió él—, pero prometí darte el control.

—No quiero el control —aseguró con absoluta seriedad.

—Necesitas un hombre tierno, querida. Lo entiendo. Necesitas comprender que estás a salvo.

¡Con un demonio! Estaba a salvo, eso lo sabía bien. ¡Demonios!

—No en la cama —dijo.

—¿No? ¿estás segura?

Le golpeó el pecho con la furia de una niña pequeña. ¿Qué parte no entendía?

—Maldita sea, Kirk... —comenzó, pero entonces un fuego salvaje iluminó su mirada y en menos de un segundo la había volteado, se había colocado entre sus muslos y había comenzado a moverse. Y ¡ah... ah! Era mucho mejor que ella en eso, tenía que admitirlo. No pudo expresarlo con palabras en ese momento porque justo la penetró profundamente y tocó aquel punto, encendiendo un camino de gloriosas y brillantes luces en su interior.

Kate plantó los pies en la cama y se empujó contra él mientras aceleraba el ritmo. Su aliento la golpeaba en jadeos tibios e intensos, y su cuerpo la rozaba en todos los lugares sensibles. Volvió a llenarla, una y otra vez, con un frenesí que iba en aumento y al que ella se unió con igual entusiasmo. Su pasión creció y creció a la par mientras él se movía sobre ella y dentro de ella. Cuando la tensión se volvió insoportable, ella lloró y suplicó y lo maldijo, introdujo la mano entre sus cuerpos y le acarició aquel manojo de nervios en su centro hasta que comenzó a estremecerse y temblar.

Quedaba claro que él estaba retrasando su propio placer, esperándola, pues al verla tan cerca, dejó escapar un gran suspiro de alivio.

—¡Ah, Kate! —susurró mientras entraba hasta el fondo, llenándola, satisfaciéndola y transformándola. Una ola cubrió sus oídos mientras la opulencia la inundaba. El calor se hinchó en su vientre y su corazón se llenó de paz. Por un eterno momento en el que sus respiraciones estuvieron coordinadas y sus cuerpos entrelazados, sintió que volaba.

Cuando se recuperaron, Kate disfrutó del peso de Kirk sobre su cuerpo. La hacía sentir a salvo, protegida y adorada. Era un sentimiento que no había tenido nunca antes. Él le había ofrecido un látigo. La había invitado a golpearlo. Ahora, estaba a punto de reír al recordarlo, por lo absurdo que resultaba, pero había tenido un fondo importante. Había jurado que no la lastimaría. Que no habría ninguna clase de violencia entre los dos. Le había permitido explorarlo a sus anchas, aunque le implicara un esfuerzo sobrehumano, y eso era todo lo que necesitaba saber acerca de su temperamento.

¿Podía ser que, en un mundo de guerreros salvajes, hubiera encontrado un hombre de verdad? La idea la asustaba, porque si se lo permitía a sí misma, llegaría a amar a un hombre así con todo su ser. Kate interrumpió sus pensamientos para acomodarse a su lado, entre sus brazos. Le besó la frente.

—¡Ah, Kate! —suspiró— eso fue espléndido.

—¿Incluso la parte en la que no sabía lo que estaba haciendo? —dijo ella a modo de broma, pero cuando él la miró, su expresión era de resolución.

—Ah, ya aprenderás.

—¿Ah, sí? —preguntó, coqueta. Él la atrajo más.

—Seré muy diligente para enseñarte. ¿Serás una buena estudiante?

—Eso espero —dijo ella. Compartieron una sonrisa, que era nueva y maravillosa.

—Siento que hayas sido forzada a casarte conmigo, pequeña Kate —dijo él—, prometo hacer lo imposible para hacerte feliz.

—Siento que hayas sido forzado a casarte conmigo —respondió ella con un suspiro, y se acurrucó para sentir su calor.

—Yo no fui forzado a nada —rio él. Ella se apoyó en su codo para mirarlo.

—Claro que sí. Los dos lo fuimos. Pero él negó con la cabeza y le acarició la mejilla. Se incorporó y la besó suave, lentamente.

—¡Nah!, dulce Kate. Te quise desde el principio. Aun cuando creía que eras una dama de compañía.

Aquello era lo más dulce que le habían dicho en su vida, y la hizo besarlo inmediatamente. Lo cual pronto los llevó a más. Y esta vez, ninguno de los dos tuvo que contenerse en absoluto.

Capítulo 19

A LA MAÑANA SIGUIENTE, Elise y Kate paseaban por los jardines tranquilamente. Aunque estaban solas, alrededor de ellas había un montón de sirvientes cuidando las flores y los árboles. Kate se agarró del brazo de su hermana e intentó ocultar su sonrisa.

—¿Crees que sea posible que no todos los hombres sean como nuestros hermanos? —preguntó en un tono que, aunque sonaba casual, conllevaba una duda y una esperanza reales. Su hermana se encogió de hombros.

—Desde que llegamos, he comenzado a pensar que es posible que haya hombres que valoran a sus mujeres. Francamente, no veo cómo la raza humana habría sobrevivido si todos los hombres fueran como nuestros hermanos, ¿no crees?

—Pues sí. ¿Crees que fui una tonta por sospechar que Kirk era una bestia?

Elise comenzó a reír a toda voz.

—Por supuesto que no. Para empezar, considera el tipo de hombres con el que habíamos vivido hasta ahora. Y además, aunque no creo que todos los hombres sean malvados, muchos sí lo son. Tenía sentido que te protegieras hasta conocer la verdad.

—¿Crees que ya la conozco? ¿La verdad acerca de Kirk? —le preguntó a su hermana. Esperaba que así fuera.

—¿Qué dice tu corazón? —preguntó su hermana mientras le apretaba la mano.

¿Su corazón? Su corazón no era confiable. Latía con fuerza cuando él se acercaba y dolía cuando estaba lejos. Pero si miraba hacia lo más profundo de su alma, ahí estaba. Lo veía. El hombre con el que se había casado, al que no se podía resistir, el hombre en quien confiaba, al que, probablemente, amaba. Era noble, valiente y dulce. Disfrutaba de estar con él, quería pasar el resto de su vida entre sus brazos y eso era lo que él deseaba también.

Todo era demasiado perfecto para explicarlo con palabras. Quizás había algo malo, porque ella no podía evitar preguntarse cuándo todo volvería a la normalidad. Y ese pensamiento la aterraba.

Kirk estaba sentado a la mesa, fingiendo poner atención a la conversación entre su hermano Ben y Paden Tremaine. Lo que hacía, realmente, era examinar el enorme salón y los pasillos por si alcanzaba a verla por alguna parte. Habían hecho el amor por la mañana y él se había quedado dormido. Al despertar, Kate había desaparecido. Su lado de la cama estaba vacío y el dolor por su ausencia había sido inmediato.

Se había vestido rápidamente para ir a buscarla, pero Ben y Paden se habían topado con él y lo habían obligado a desayunar con ellos, molestándolo con sus preguntas acerca de la noche de bodas. Se había rehusado a responder a la mayoría de ellas, y había agradecido a Dios cuando su conversación se desvió a la expedición de cacería que estaban planeando.

Aparentemente, el duque era un ávido cazador y había insistido en que salieran de cacería pues los bosques alrededor de Rannoch eran ricos en ciervos, faisanes y jabalíes. Resultaba muy extraño que a Kirk no le entusiasmara la idea en absoluto, y que prefiriera rastrear otro tipo de presas. Su corazón se hinchó cuando vio a una pelirroja atravesando el umbral, pero se hundió cuando ella volteó y él se dio cuenta de que no era Kate. Quizá podría excusarse y salir a buscarla.

—Señor de Tummel —dijo Ben, levantándose para saludar al abuelo de Kate, que acababa de entrar al salón. Las ganas de huir de Kirk aumentaron. En especial cuando Calder Sabin le clavó las pupilas fríamente. Se levantó y le dedicó una corta reverencia.

—Señor de Tummel —saludó.

—Siéntate —ordenó el viejo. Kirk se sentó y, para su horror, el Señor de Tummel se sentó junto a él—. Tú y yo tenemos que hablar.

—¿Quieren que les demos un poco de privacidad? —preguntó Ben. Kirk le rogó que se quedara con la mirada. Lo último que quería era quedarse a solas con un enemigo al que le sobraban razones para destazarlo.

—¡Nah! —dijo Calder en un bufido—, quiero testigos.

¡Diablos! Eso no sonaba bien. El Señor de Tummel se aclaró la garganta como preámbulo a su discurso. Cuando habló, fue en un tono siniestro, oscuro.

—No sé lo que pasó entre mi nieta y tú —levantó la mano cuando Kirk pretendió responder—, y no quiero saberlo. Pero te prometo esto: si lastimas a mi pequeña, haré que te descuarticen vivo, ¿entiendes?

—Ajá, Señor de Tummel —replicó. ¿Qué más podía decir?—. Pero no tengo ninguna intención de lastimar a Kate. La amo.

La boca de Paden se abrió como una cueva.

—La... ¿la amas? —preguntó Ben con los ojos del doble de su tamaño normal.

—Ajá —admitió Kirk, dirigiéndose a todo el grupo—, me es muy querida.

—Entonces... ¿no te importó haber sido forzado a casarte? —preguntó Ben. ¿Detectaba alivio en la voz de su hermano, el Señor de Rannoch?

—En absoluto. Aunque ella se resistía —dijo Kirk, a lo que Calder Sabin gruñó—. Pero no se preocupe, que ya... hemos llegado a un acuerdo —le aseguró al viejo oso. Que volvió a gruñir.

—No estaré tranquilo hasta que haya hablado con ella —dijo.

—Me parece justo —dijo Kirk, y los dos hombres se miraron a los ojos por un largo e incómodo momento, hasta que al fin Calder asintió y volvió su atención hacia el duque, que acababa de bajar las escaleras y se dirigía hacia ellos.

—Buenos días a todos. Buenos días —saludó, ajustándose las mangas aunque éstas no requerían ningún ajuste. Se había vestido a la última moda londinense, lo cual no combinaba en absoluto con su contexto en aquel viejo castillo escocés, pero él no parecía notarlo y, si lo notaba, le importaba un comino. Un sirviente se apresuró a traerle un plato con el desayuno y el duque levantó sus cubiertos, listo para engullir los alimentos. Su mirada cayó sobre Kirk y se quedó muy quieto.

—¿Y cómo te encuentras esta mañana? —preguntó.

—Bastante bien, su Alteza —respondió Kirk. Ningún duque se había dirigido a él directamente antes.

—Veo que sobreviviste la noche de bodas.

—Ajá, su Alteza.

El duque tomo un trago de cerveza y suspiró. Volteó hacia Paden Tremaine, agitando su cuchillo, y le dijo:

—Tú eres el siguiente, amigo mío.

—Claro, su Alteza —respondió Paden, pálido. Kirk lo miró, y le pareció que su amigo se veía enfermo.

—¿Con quién vas a casarte? —le preguntó.

—El Duque, en su sabiduría. ha decidido prometerme a su prima —dijo Paden, intentando sonreír.

—Elizabeth —afirmó el duque, entre bocados—. Es una buena mujer. Formarán una buena y fuerte alianza.

—Ajá —dijo Paden, con la sonrisa convertida en una mueca. Volviéndose hacia sus amigos, agregó— es inglesa.

Los escoceses de la mesa intercambiaron miradas de pena, las cuales el duque, afortunadamente, no pareció notar.

—Sí. Es un diamante, ya lo verás.

—Lo que no comprendo —comenzó Paden en el tono más casual que pudo fingir— es porqué desea mudarse a Escocia.

Y casarse con un escocés. Esto no fue dicho, pero los demás comprendían por qué lo decía. No era ningún secreto que la nobleza inglesa veía una unión con un escocés como un descenso en la escalera social. Por alguna razón, aquel comentario hizo que el duque se quedara quieto. Dejó los cubiertos junto a su plato y se limpió los labios con la servilleta.

—Es hora de que lo sepas —dijo con un suspiro—, ya que va a ser tu novia, Tremaine.

La expresión de Paden se crispó.

—Que sepa... ¿qué cosa?

—La verdad acerca de Elizabeth.

Oh, pobre Paden. ¿Sería su prometida una mujer fea? ¿Poco femenina? ¿Tenía algún defecto del habla? Kirk no pudo evitar que su ceño se frunciera como muestra de simpatía hacia su amigo. Paden miraba al duque, esperando su sentencia como un hombre ante la guillotina.

—Es la nieta del rey Jacobo V.

La mesa se cubrió de silencio y todos miraban al duque, boquiabiertos.

—Hija de su hija ilegítima, Margarita Estuardo —explicó, mientras comía—. Lo mejor que podrían hacer por ella es sacarla de Inglaterra, dada la cantidad de enemigos que tienen los Estuardo ahí.

—Y casarla con un conde escocés —agregó Paden con voz lastimera.

—¡Alégrate, hombre! —dijo el duque en tono ligero—, es una chica adorable. Absolutamente encantadora.

—Ajá —dijo Paden, pero ya se había distraído y dirigido la mirada al umbral, donde tres mujeres habían entrado riendo y causando un bullicio. Kirk supo distinguir el dolor en los ojos de su amigo porque lo había estado observando. La mirada de Paden se clavó en Heather, lo cual no era una sorpresa. Kirk llevaba años sospechando que el conde tenía sentimientos por su hermana y ahora debía casarse con otra por órdenes del duque. Era una pena.

No pudo evitar un pinchazo de culpa porque su matrimonio se hubiera resuelto tan maravillosamente, pero la tristeza por su amigo pasó a segundo plano en el instante en que vislumbró a Kate. Su corazón comenzó a galoparle en el pecho. Se levantó y sus ojos sólo podían verla a ella. Kate lo distinguió a lo lejos y su sonrisa se amplió. El color le subió a las mejillas y, como si se hubieran puesto de acuerdo, avanzaron en silencio hasta encontrarse en el centro del salón. Kirk le tomó las manos.

—Te extrañé —susurró. Ella rio. Su risa era una suave melodía.

—Sólo fui a caminar un poco por el jardín —dijo, provocándolo.

—No me importa. Te extrañé de todas maneras —declaró, besándole una mano y luego la otra—. ¿Tú me extrañaste a mí?

—Creo que sí —volvió a sonreír.

—¿Crees? —gruñó él.

—Estuve pensando en ti —dijo, mirándolo a través de sus pestañas—, ¿eso cuenta?

—Claro que cuenta.

—Ay, ¿en serio? —dijo la sarcástica voz de Elise, detrás de ellos. Tenía los ojos en blanco. Si no hubiera hablado, Kirk no se habría dado cuenta de que estaba ahí, porque estaba tan enfocado en su flamante esposa—. ¿Tienen que ser tan...? —comenzó, y terminó su pregunta con una serie de gestos que realmente no ilustraban nada.

—Tan ¿qué? —preguntó Kirk.

—Tan... eso —dijo Elise arrugando la nariz.

—No podemos evitarlo —presumió Kate, tomando a Kirk del brazo para caminar hacia la mesa—, estamos felices.

—¿De verdad? —quiso saber Kirk.

—Pues yo estoy feliz. ¿Tú no? —preguntó Kate, a punto de enfadarse.

—Ciertamente, yo también.

—Estamos felices —repitió Kate dirigiéndose a Elise con una brillante sonrisa que logró suavizar la expresión hosca de su abuelo, que miraba.

—Me complace mucho que todos sean tan felices —dijo el duque en tono sardónico mientras se ponía de pie y se estiraba el chaleco—, y más feliz sería si pudiéramos salir de cacería de una buena vez. ¿Qué dicen, caballeros? ¿Listos?

Para su pesar, el duque se dirigió directamente a Kirk, dejando muy en claro que esperaba que lo acompañara en la cacería. Lo cual era una verdadera tragedia, ya que había encontrado a Kate al fin y tenía planes muy distintos para aquella tarde. ¡Maldita sea!

Capítulo 20

—QUÉ MOLESTOS SON LOS hombres —dijo Heather mientras observaba la partida de los hombres entre sonidos de trompetas y ladridos de perros.

—¿Está mal desear que no atrapen nada? —suspiró Kate. Tanto Heather como Elise la miraron, atónitas.

—Si no cazan nada, no estarán contentos y saldrán a cazar también mañana —advirtió Heather.

—Supongo que sí. Pero esos pobres animales... —dijo Kate haciendo un gesto.

—Tenemos que comer —le recordó Elise.

—Ya lo sé, pero a mí me bastaría con pescado.

—Pues los peces no estarían felices —rio Heather.

—Pero los peces no tienen pelo. Ni grandes ojos cafés. Nadie siente lástima por un pez —suspiró Kate.

Elise rio y le dio un abrazo.

—No le hagas caso, Heather. Está molesta porque el duque le robó a su novio.

—Es cierto, el duque me robó a mi novio —repitió Kate exagerando su indignación para hacerlas reír.

—Los duques son muy enfadosos —dijo Heather.

—Sí que lo son —bufó Elise—, pero ahora que los hombres no están, ¿qué haremos hoy?

—¿Qué tal un paseo por la aldea? —sugirió Heather—, deberías familiarizarte con tu nuevo hogar, Kate.

—Eso suena perfecto —dijo ella, sonriendo sinceramente. Sí, ése era su nuevo hogar.

Tuvieron un día muy agradable, paseando por la encantadora aldea al pie de la montaña. Kate conoció al herrero, al boticario, a los barberos, los cargadores, los pastores y los encargados de fabricar las flechas. Algunos agricultores habían ido con sus esposas a vender sus excedentes y Kate se presentó con ellos también. La mayoría se portaron muy amables, aunque algunos la miraron con suspicacia al enterarse de que era una Killin. Kate sabía que tomaría tiempo ganárselos, pero estaba segura de que lo lograría.

Atravesaron el valle para ir a recoger moras cuando un grupo de jinetes emergió del bosque. Al principio, Kate creyó que eran Kirk y los demás, que volvían de la cacería, pero en cuanto distinguió al jinete que guiaba a los demás, el estómago se le cayó a los pies.

—¡Corran! —gritó sintiendo cómo el terror recorría todo su cuerpo. Porque los hombres que se aproximaban no eran los Rannochs. Eran hombres de Killin y su intención estaba clara: querían a sus mujeres de vuelta.

***

Había pocas cosas en el mundo que Kirk disfrutaba más que una buena cacería, pero ese día era distinto. Las conversaciones entre el duque y el conde le fastidiaban, los ladridos de los perros le provocaban dolor de cabeza, y las presas no cooperaban. Lo único en lo que podía pensar era en su mujer. En cómo se sentían sus labios. En el delirante perfume de su cuello. En la luz de sus ojos cuando lo abrazaba y alcanzaba el clímax. No quería galopar por los bosques en busca de un ciervo. Quería estar en la cama, con ella.

Cuando anunció que volvería temprano al castillo, nadie pareció sorprenderse. De hecho, tanto Ben como el Señor de Tummel compartieron algunas miradas, pero Kirk los ignoró y galopó de vuelta a toda velocidad. Al llegar, desmontó y vio que Michael, uno de los agricultores, se acercaba corriendo a la plaza de armas, jadeando. Le hizo señas a Kirk y después tuvo que detenerse, con las manos apoyadas en las rodillas, para intentar recuperar el aliento.

Michael era un hombre fácilmente impresionable, así que Kirk no estaba terriblemente alarmado, hasta que las siguientes, terroríficas palabras, pasaron por sus labios:

—Se las llevaron —resopló—, a las mujeres. A tu hermana, tu esposa y la otra.

¡Diablos!

—¿Quién se las llevó? —gritó Kirk mientras volvía a montar su caballo.

—No vi ninguna insignia pero reconocí a Connor Killin.

¡Maldito demonio!

—Los vi subiendo la colina, camino de Pitlochry. Las mujeres estaban como locas.

No le cabía ninguna duda.

—Michael, toma algunos hombres y avísale al Señor de Rannoch lo que ha pasado. Iré tras ellos —anunció Kirk mientras espoleaba a su caballo.

Maldito Connor Killin y todo su perverso clan. ¿Cómo se atrevían? ¿Cómo osaban venir a tierras de Rannoch para secuestrar a su esposa? Kirk tuvo que esquivar pollos y cerdos mientras salía galopando de la plaza de armas, colina arriba. Estaba casi seguro de que Connor no lastimaría a Kate, pero ¿quién podía garantizarlo? Y el bastardo se había llevado también a su hermana y a Elise. Sólo Dios sabía las atrocidades que estaba planeando hacerles.

El sudor perlaba su frente, a pesar de la brisa causada por su furiosa carrera. Podía sentir sus músculos tensándose, sus dientes rechinando. Se enfocó en el camino al frente, pensando en sólo una cosa. Rescatar a su mujer, a su hermana y a Elise.

No le tomó mucho tiempo alcanzar al grupo de jinetes, y cuando los vislumbró unos metros más adelante, sintió cierta satisfacción. Se encargaría de ese Connor Killin de una vez por todas. Aquel maldito bastardo. Lo destriparía de cabo a rabo. Y lo disfrutaría mucho.

Mientras se acercaba a la escena, vio a cuatro hombres que luchaban por subir a las mujeres a los caballos, pero las mujeres estaban defendiéndose. Connor peleaba contra Kate mientras su hermana y Elise luchaban contra los otros tres, dos de los cuales ya cojeaban y tenían manchas de sangre en los muslos. Por lo visto las mujeres habían llevado sus dagas, y les habían dado un buen uso. Con un sombrío gesto, Kirk desenfundó su espada y la alzó, aullando mientras concentraba su atención en acercarse al hombre más alto, que sabía era Connor Killin.

Sin advertencia alguna, una flecha llegó silbando por los aires y se enterró en su hombro. La agonía lo acometió y estuvo a punto de soltar su espada. Tuvo que esforzarse por sostenerla con todas sus fuerzas. Estiró su mano libre y se arrancó la flecha de tajo. El dolor era insoportable, pero se vio eclipsado por la furia, pura y blanca, que sintió cuando vio a Connor Killin abofeteando a Kate. Ella soltó un grito, y entonces el mundo se pintó de rojo sangre. Quizá destazarlo era un castigo demasiado leve. Connor Killin debía sufrir.

Kirk desmontó gruñendo y avanzó hacia los hombres como un loco.

—Suelta a mi esposa en este instante —gritó. Y Connor, muy desgraciado, se rio.

—No es tu esposa, Rannoch. Está prometida a otro.

—Es mi esposa, por órdenes del duque, y la amo.

—Bueno, pues eso es muy desafortunado. Parece que hoy tendré que convertir a mi hermana en viuda —dijo Connor con una mueca burlona, mientras cerraba los dedos alrededor del brazo de Kate.

—Suéltala o te obligaré —advirtió Kirk.

—Lo hará —confirmó Kate en tono de advertencia—, tiene un temperamento terrible.

—Nuestro padre tiene planes para ti, Kate —dijo Connor, ignorando las amenazas—, y también para Elise. Y estoy seguro de que encontraremos algo que hacer contigo, palomita, no te preocupes —amenazó, mirando a Heather. Después, se volvió hacia Kirk con un gesto arrogante—. Las llevo de vuelta a la Fortaleza Killin.

Ciertamente no lo haría. Kirk avanzó, pero se le interpusieron tres hombres, dos con espadas y el tercero con su maldito arco. Decidió ocuparse del arquero primero, ya que constituía la más grande amenaza. Corrió hacia él y con un golpe de su espada, dejó su arco destrozado. Al verse desarmado, retrocedió, abandonando a los otros dos.

Los hombres tenían poca habilidad y eran torpes en sus ataques, pero eran dos. Embistió al primero y su espada se topó con el acero contrario, pero con un giro, la lanzó al suelo. Se dirigió al segundo, anticipando cada uno de sus movimientos. Quizás estaba en desventaja por número, pero no por habilidad. No le tomaría demasiado tiempo fatigar a aquellos bastados, y después... Auch. Giró al notar que algo duro le golpeaba la espalda.

—¡Diablos! ¡Lo siento! —dijo una voz femenina. Kirk dio un vistazo sobre su hombro y vio que su hermana y Elise estaban lanzando rocas a sus oponentes. Una segunda piedra lo golpeó.

—¡No están ayudando! —se quejó, pero justo en ese momento, una de las rocas aterrizó en la frente de uno de los hombres contra los que él luchaba, con un golpe sordo. Sus ojos se pusieron en blanco y, con un lamento, cayó al suelo. Otra piedra le dio al segundo hombre en el pecho, y éste giró furioso para gritarles a las mujeres, dándole a Kirk tiempo de hacerle una herida en la parte de atrás de la pierna, cortándole un tendón. El hombre chilló como un cerdo y cayó al suelo.

Entonces Kirk volteó hacia el último, el único al que realmente deseaba destrozar. Connor Killin. Se quedó paralizado al ver que sostenía a Kate con una daga apoyada en su yugular.

—Tranquilo, Rannoch. No queremos que se derrame más sangre —dijo con una mueca vil que encendió un salvaje fuego en las entrañas de Kirk. Sin embargo, se quedó donde estaba para analizar la situación y debilitar la posición de su enemigo. Necesitaba a Kate fuera de su alcance, pero ¿cómo?

Ah. Había olvidado quién era su esposa. No era una florecilla delicada. Había nacido y crecido en la Fortaleza Killin, forzada a aprender un par de cosas. Cómo usar un codo, por ejemplo. Y una rodilla, también. Kirk había experimentado su fuerza y se alegraba de no haber sido golpeado por ella. Con un movimiento bien practicado, Kate dio un codazo que lo dejó sin aire, y cuando Connor la soltó por medio segundo, le plantó la rodilla justo entre las piernas. Los ojos de Connor se obnubilaron y cayó al suelo. Kate corrió hacia Kirk.

¡Ah, Dios! Era glorioso tenerla de nuevo entre sus brazos, a salvo. Abrazándolo. La besó. No pudo evitarlo. Encontró sus labios y la devoró. Dios, la amaba. La necesitaba. La...

—¡Está huyendo! —anunció Kate. Kirk alzó la mirada y vio a Connor y sus hombres montando sus caballos.

—¡Esto no se acaba aquí! —chilló Connor mientras atravesaba el valle.

Aunque estaba aliviado, Kirk seguía abrumado por una rabia que exigía venganza. Lo que más quería era alcanzar a aquellos bastardos y terminar lo que había empezado, pero tenía que considerar a las mujeres. Habían pasado por una experiencia traumática y, más allá de eso, el dolor en su hombro lo cegaba y la cabeza le daba vueltas. Dudaba siquiera de poder montar su caballo.

Se tambaleó y Kate lo sujetó, lo cual resultaba gracioso ya que él era un hombre grande y ella una muchacha pequeña. Pero a medida que la adrenalina se diluía, pasaba lo mismo con su fuerza. Se arrastró a un lado del sendero y se dejó caer. Pero no pudo permanecer sentado, así que se tendió y cerró los ojos mientras a su alrededor el mundo giraba.

—¿Mi amor? ¿Estás bien? —preguntó el ángel a su lado.

—Bien —balbuceó, pero ella no pareció escucharlo.

—¡Kirk, Kirk!

Alguien lo sacudió y chilló de dolor.

—¡Por favor, háblame!

Pero por más que quisiera, no podía ordenarle a sus labios que se movieran. Justo antes de que la oscuridad descendiera, abrió los ojos por un segundo y vio una silueta sobre él. Tuvo la fuerza suficiente para acariciar la cara de aquella hermosa criatura. Y después, todo se volvió negro.

***

La sangre de Kate se congeló cuando la mano de Kirk cayó de su mejilla y sus ojos se pusieron en blanco. No, no, no podía estar muerto. Se lo prohibía. Buscó el pulso en su cuello y el alivio la inundó cuando sintió el murmullo de su corazón. Se volvió hacia Elise.

—Ve con el caballo hasta el castillo. Trae ayuda —le ordenó.

—No es necesario —dijo ella con una inclinación de cabeza. Kate estaba a punto de irritarse cuando distinguió que un grupo de jinetes se aproximaba desde la pradera. Le tomó un instante comprender que eran Ben, el duque y los demás caza-dores.

—¿Por qué vienen tan lento? —exclamó—, diles que se apresuren.

—¿Cómo quieres que haga eso? —preguntó Elise.

—No sé, agita los brazos o algo.

Con un demonio, ¿tenía que hacerlo todo ella? Miró a Kirk y tocó su frente con la palma de la mano. Estaba frío y sudoro-so. Su piel había cambiado de color. Kate inhaló profundo. Si algo le pasaba, no podría vivir sin él. Volver a estar aprisionada por su hermano había sido horrible, no saber si volvería a ver al hombre al que amaba. En ese momento, no habría podido imaginar nada peor. Pero esto era mucho peor. Esto era atemo-rizante.

Miró el rostro de su esposo entre lágrimas. Nunca se había sentido tan impotente y vulnerable. Estaba perdida. Habría dado lo que fuera por verlo abrir los ojos y sonreírle. O hacerle una mueca. Daría lo que fuera para que se quedara con ella.

Cuando el hermano de Kirk se acercó con el grupo de cace-ría siguiéndolo a unos metros, permitió que Heather y Elise hablaran con él. No podía alejarse de Kirk. Después de que Ben mandara un emisario al castillo para ordenar que trajeran un carruaje, ella lo miró, furiosa.

—¿Qué pasa? —preguntó Ben.

—Está muy malherido —exclamó ella, incapaz de poner todas sus frustraciones en palabras. El asunto estaba tomando demasiado tiempo. Su esposo necesitaba atención médica ur-gente, y para empeorar las cosas, los hombres estaban tratando el incidente como algo cotidiano, riendo y bromeando acerca de que Kirk se había desmayado. ¡Pero lo habían herido! Kate necesitaba que Kirk estuviera en el castillo en ese instante, recuperándose.

—Entiendo perfectamente que está herido —dijo Ben gentilmente.

—¡Necesita ayuda! —chilló ella.

—Ya lo sé.

—¡Esto está tomando demasiado tiempo!

—Sé que estás preocupada, pero... —comenzó Ben con un suspiro, acuclillándose .

—¿Preocupada? ¡Si le dieron con una flecha!

—Ajá —admitió, con una risa que a Kate le pareció innecesaria—. Ya le ha pasado antes. Y mira, fue en el hombro. Ningún órgano vital. Va a estar bien.

Aunque sus palabras la calmaron un poco, su actitud desenfadada no. Se puso de pie para mirarlo desde arriba, estaba furiosa.

—Ben Rannoch, te juro por todo lo sagrado que si no tomas esto en serio, te desollaré.

—¿Escuchaste eso? —dijo el conde con una carcajada—, tu cuñada es una guerrera.

—Por supuesto —dijo el abuelo de ella—, es una Sabin.

—Tremenda amazona —agregó el duque en tono aburrido. Kate puso los brazos en la cintura y los miró uno a uno con sus ojos de fuego.

—No se atrevan a burlarse de mí —dijo en tono amenazante, provocando que todos los hombres guardaran silencio y le prestaran atención—. Soy una guerrera, una luchadora. Mataré o moriré por este hombre, no lo olviden.

Paden asintió, y sin poder evitar mirar a Heather de reojo, dijo sobriamente:

—Cualquiera de nosotros sería muy afortunado de tener a una mujer así a su lado.

—Ajá —asintió Ben—. No te preocupes, Kate. Todos queremos a Kirk tanto como tú. Haremos todo lo posible para asegurarnos de que esté bien.

—Más les vale —finalizó ella, y volvió junto a Kirk. Cuando el carruaje llegó, todos los hombres, que habían evitado mirarla siquiera, ayudaron a cargar a su esposo en un tablón instalado entre los asientos. Kate anunció que viajaría con él y nadie objetó.

El trayecto fue demasiado accidentado para su gusto. Sostuvo la mano de Kirk y se quejaba por cada tropiezo del camino, centrando la atención en su hermoso rostro. Cuando el carruaje se detuvo en la plaza de armas, las pestañas de él se agitaron, y el corazón de Kate también. Le acarició la mejilla con los dedos y lo miró fijamente. Su pulso dio un salto cuando abrió los ojos y le sonrió. ¡Ah! Tan guapo, tan querido.

—Kirk —susurró.

—Lo que dijiste... —graznó él—, ¿era en serio?

—He dicho un montón de cosas — le recordó ella.

—¿Que matarías o morirías por mí?

—¿Escuchaste eso? —preguntó Kate, y se sonrojó.

—Lo escuché.

—Por supuesto que lo haría —confirmó ella. él se pasó la lengua por los labios antes de atreverse a preguntar.

—¿Y eso quiere decir que...? ¿Tú me...? ¿Crees que algún día...?

¡Ah, por Dios! ¿De verdad no lo sabía? ¿Cómo podía no saberlo?

—Te quiero tanto que duele —dijo. Pero no supo si él la escuchó, porque sus ojos volvieron a cerrarse y su cuerpo quedó inerte.

Capítulo 21

KIRK DESPERTÓ SINTIENDO un peso sobre su pecho, pero era un peso delicioso. Y el aroma que lo rodeaba era celestial. A pesar de su desorientación, supo que ella estaba ahí. Kate, su mujer. A salvo entre sus brazos. Para siempre.

—Tienes que dejarlo, Kate.

La voz se balanceaba entre su conciencia y su inconciencia. ¿Quién era el demonio que le daba aquella terrible orden, y por qué sonaba como su hermana Heather?

—No puedo —dijo Kate. Ah, Kate. La abrazo más fuerte.

—Tienes que comer —suspiró Heather desde algún lado en el fondo de su habitación.

—Él me necesita.

—Si no comes, no le ayudarás en nada —insistió Heather.

—Puedo comer aquí.

—No has descansado, querida. Tienes que hacerlo.

¡Por Dios! ¿Elise también estaba ahí?

—Tienen razón, ¿sabes? Nadie dudará de tu devoción si sales un momento para respirar aire fresco.

Así que Ben estaba ahí también. Perfecto. Kirk entreabrió

un párpado para ver si los ángeles se habían presentado también. En el instante en que lo hizo, la mujer tumbada sobre él soltó un grito. Justo en su oído.

—¿Vieron eso? —gritó— ¿lo vieron? ¡Abrió los ojos!

—¡Abrió los ojos! —repitió Heather, emocionada.

—Sí —agregó Elise. Ben suspiró.

—Les dije que estaría bien. Es un Rannoch. Una estúpida flecha nunca podría matarlo.

Saltó y corrió hasta Ben. Lo empujó con sus pequeñas manos.

—Fuera, fuera —ordenó. Era una cosita pequeña junto a su hermano, y tan valiente y ruda que lo hizo sonreír.

—Mira. Está sonriendo —dijo Elise con un tono cándido. Kate giró para verlo. La luz en sus ojos le hinchó el corazón.

—Ah —sollozó—, ¡es cierto!

—Ha sonreído antes —gruñó Ben. Y todas las mujeres lo miraron con ojos de hielo. Kate brincó a la cama y se sentó junto a Kirk.

—¿Cómo te sientes, mi amor? —preguntó.

—Mejor —graznó Kirk.

—Agua. Necesita agua ahora mismo.

Por Dios, su mujer sí que podía dar órdenes. Y la gente la escuchaba. Elise trajo un vaso de agua y él bebió ansiosamente. Kate lo detuvo.

—No, no tomes demasiada.

—Pero... ¡tengo sed!

—Te va a caer mal —advirtió Kate.

—Pero tengo sed —insistió él con el ceño fruncido.

—Un trago y ya.

—¿Sólo un trago? —preguntó, mirando a Ben con ojos suplicantes. Su hermano se encogió de hombros.

—Es tu esposa —musitó, y después, el muy traidor se dio la media vuelta para abandonar el cuarto.

—¿A dónde vas? —exigió saber Kirk.

—Ahora que sé que te vas a poner bien, voy a tomarme un whisky con Paden —dijo Ben.

—¡Yo quiero tomarme un whisky con Paden! —lloriqueó Kirk, y comenzó a incorporarse.

—No, no quieres —dijo Kate, empujándolo a la cama. Desafortunadamente, presionó su herida y él aulló de dolor—. ¡Ay, ay! —y mirando a Ben fríamente dijo—: ¿ves lo que hiciste?

—¡Yo no hice nada!

—Sólo vete de aquí, ¿quieres?

—Sabes que yo soy el que manda en estas tierras, ¿no? —dijo Ben inclinando la cabeza a un lado, pero era una pregunta retórica y las tres mujeres reaccionaron con suspiros desdeñosos.

—Vamos, Ben —dijo Heather, tomándolo del brazo para sacarlo del cuarto—. Deberíamos dejar a estos dos solos.

—Sí, vamos — concordó Elise, y le dio una suave palmada a Kirk en el brazo—. Me alegra muchísimo que estés mejor. Gracias por salvarnos de Connor.

—No fue nada —replicó él, sintiéndose ruborizar—. Ustedes también fueron muy valientes.

—No había manera de que nos llevara otra vez —declaró Kate, alzando la barbilla en aquel gesto arrogante que Kirk ya conocía bien.

—¡Nah! No había manera, amor mío. Antes, lo habría matado.

—Yo lo habría matado —replicó ella con una sonrisa que hizo que su corazón saltara.

—¿Es necesario este debate acerca de quién lo habría matado? —preguntó Ben, pero Heather lo empujó antes de que alguno de los dos pudiera responder. Elise los siguió, cerrando la puerta a sus espaldas. Cuando se quedaron solos, Kirk miró a Kate de reojo, sintiéndose de pronto tímido e inseguro. Era ridículo. Ella era su esposa y él su marido, no había ninguna necesidad de sentirse apenado. Tras un largo rato mirándose a los ojos, ella le acarició la mejilla.

—Estoy muy contenta de que no estés muerto, esposo mío.

—Yo también —sonrió él, y en eso un recuerdo volvió a su mente y su frente se arrugó—. Me dijiste algo, a un lado del camino.

—Ajá.

—Algo acerca de que me amabas...

—¿Me lo estás preguntando?

—Supongo...

Ella negó con la cabeza y ante eso el ánimo de él se fue a pique. Pero entonces ella dijo:

—De verdad, Kirk, no entiendo cómo los hombres pueden ser tan... lentos.

—¡No soy lento!

—Debes serlo, si no te das cuenta de cuánto te quiero —dijo Kate. ¡Ah, era cierto! Lo amaba. Su mujer lo amaba... ¿qué pasaba ahora?

—¿Por qué te enojas? —preguntó al verla fruncir el ceño.

—¿No te parece que es tu turno de decir algo?

—Ajá —cedió Kirk. La miró profundamente a los ojos, entrelazó los dedos con los de ella y ronroneó—: Tengo sed.

Tirarle el agua en la cabeza no habría sido suficiente.

—Quizá te debí dejar ahí tirado a que te pudrieras —musitó ella, y cuando trató de escapar, él atrapó su cintura y no la dejó ir. Esperó hasta tener toda su atención y le besó la pequeña nariz.

—Mi adorada Kate. Te amo. Creo que te amé desde el primer momento en que te vi.

—Estaba hecha un horror —dijo ella haciendo una mueca.

—Parecías un ángel. Un ángel que venía a robarme el caballo. Pero me robaste otra cosa.

—¿Qué cosa? —preguntó ella sacando el labio inferior.

—Mi amor —enunció él, atrayéndola hacia sus brazos para besarla—, me robaste el corazón.

La expresión de ella se transformó, brillando y convirtiéndose en algo hermoso. En la confianza de una mujer que se sabía amada.

—Pues fue un intercambio justo, esposo mío —sonrió—, porque tú también me robaste el mío.

Entonces lo besó, dulcemente al principio, pero a medida que su beso se profundizaba, la pasión entre ambos se inflamaba. Para su disgusto, ella se apartó súbitamente y saltó de la cama.

—¿Qué haces? —preguntó él.

—No podemos... —dijo ella, señalando la cama. Pero él comenzaba a comprender sus gestos y su ánimo se ensombrecía.

—¿Qué quieres decir con que no podemos?

El rostro de ella, antes feliz y brillante, se encogió.

—Estás lastimado.

—Fue solo una flecha —se quejó él, y es que a pesar de su herida, su deseo estaba por todo lo alto. Ya había pasado demasiado desde que la había poseído. Kate se cruzó de brazos y apretó los labios.

—No podemos. Estuve a punto de perderte, mi amor. No puedo arriesgarme a lastimarte más.

Qué sarta de tonterías. Era un hombre grande, sano y fuerte. Y ella era una cosita pequeña. ¿Qué daño podía causarle? Y si ocurría como consecuencia de su pasión, ¿acaso a él le importaría?

—Te necesito —suplicó. Era cierto. Ella lo estudió por un momento, deteniéndose en el innegable bulto de su entrepierna.

—Bueno... —comenzó en tono sugerente—, supongo que podríamos, con mucho cuidado...

—Ajá, Ajá, podríamos —y la jaló para tenerla más cerca.

—Pero yo tendría que hacer todo el trabajo —advirtió Kate. Aún mejor. Con una apenas perceptible mueca de dolor, Kirk se incorporó para abrazarla y besarla candorosamente. No tomó mucho para que el entusiasmo de su mujer se inflamara, y aunque se habían prometido tomar las cosas con calma y tener cuidado con su herida, aquellas resoluciones se desvanecieron a medida que el calor entre ambos crecía.

Su querida e inocente novia le hizo el amor entonces, galopándolo, guiándolo, enviándolos a ambos a un paraíso de placer que al terminar les impidió hablar. Ah, pero las palabras no eran necesarias. Se abrazaron a medida que la cordura volvía, besándose y murmurando dulces declaraciones de amor, hasta que él estuvo listo de nuevo.

Resultaba afortunado que él viniera de un clan vigoroso, porque Kate tenía el poder de provocarlo con una sola mirada y de destrozarlo con un beso. En especial cuando decidió explorar su cuerpo con su dulce, dulce boca. Con una enorme sonrisa en la boca, Kirk se dejó caer de vuelta a la cama y permitió que su novia hiciera lo que quisiese con él.

Ah, el futuro era glorioso. No podía esperar a pasarlo con Kate a su lado. Y si pasaban la mayor parte del futuro justo ahí, en su cama... ¿quién era él para negarse? Era un sacrificio que estaba dispuesto a hacer.

Acerca de la autora

SABRINA YORK es la número uno en ventas de novelas románticas de *The New York Times* y *USA Today*. Sus libros van de lo dulce y mordaz, a los romances más ardientes, pasando por lo histórico, lo contemporáneo y lo paranormal.

Visita su web para conocer más de sus libros, leer sinopsis y enterarte de concursos: sabrinayork.com

BOOKSH🔥TS

Esta obra se imprimió y encuadernó
en el mes de marzo de 2018,
en los talleres de Impregráfica Digital, S.A. de C.V.,
Calle España 385, Col. San Nicolás Tolentino,
C.P. 09850, Iztapalapa, Ciudad de México.